LA TRIPULACIÓN DEL PÁNICO

**PREMIO EDEBÉ
DE LITERATURA
JUVENIL**

PAU JOAN HERNÁNDEZ

LA TRIPULACIÓN DEL PÁNICO

**PREMIO EDEBÉ
DE LITERATURA
JUVENIL**

Novela ganadora del Premio Edebé de Literatura Juvenil (XII edición), según el fallo del Jurado compuesto por: Teresa Colomer, Anna Gasol, José Antonio Montull, Rosa Navarro y Robert SaJadrigas.

Título original: *La Tripulació del Pànic*
© Pau Joan Hernández, 2004

© Ed. Cast.: edebé, 2005
Paseo de San Juan Bosco, 62
08017 Barcelona
www.edebe.com

Directora de la colección: Reina Duarte
Diseño de cubiertas: César Farrés
Ilustraciones interiores: Pedro Espinosa
Traducción: Raquel Sola
Fotografía de cubierta: Stock Photos

6.ª edición

ISBN 978-84-236-7517-3
Depósito Legal: B. 3882-2012
Impreso en España
Printed in Spain
EGS - Rosario, 2 - Barcelona

Cualquier forma de reproducción, distribución, comunicación pública o transformación de esta obra solo puede ser realizada con la autorización de sus titulares, salvo excepción prevista por la ley. Diríjase a CEDRO (Centro Español de Derechos Reprográficos) si necesita fotocopiar o escanear algún fragmento de esta obra (www.conlicencia.com; 91 702 19 70 / 93 272 04 45).

Miguel el Vasco y sus piratas habían pedido a Dios, como en la guerra más justa del mundo, obtener la victoria y encontrar fortuna. Y sólo Dios podía ver con claridad los miserables recovecos de las conciencias de aquellos hombres. Su tosca plegaria, al límite del sacrilegio, quizá le ofendía menos que muchas de nuestras oraciones de hoy en día, que, con otras palabras, piden más o menos lo mismo.

Georges Blond, *Histoire de la flibuste*

Donnez-lui la passion, pour qu'elle s'y accroche, si le monde est trop con, si la vie est trop moche.

Lynda Lemay

Me llamo Edgar Nau y soy descendiente por línea directa de Jean-François Nau, conocido como el Olonés, el sanguinario pirata que propagó el horror por los mares y las costas del Caribe desde su llegada a la isla Tortuga, en el año 1655, hasta su muerte a manos de los indios de la isla Barú, al sur de Cartagena de Indias, en 1671.

Soy perfectamente consciente, por supuesto, de que ésta es una forma bastante extraña de presentarse, sobre todo cuando proviene de un estudiante de Bachillerato de Cornellá, sin ninguna relación especial con el mar y aún menos con los piratas del Caribe. Pero no he tenido que darle demasiadas vueltas para decidir que es la mejor manera de empezar mi relato si quiero explicar con una mínima claridad el cúmulo de circunstancias que me llevaron, finalmente, a ser rescatado de una vieja barca de madera a la deriva por la fragata *Mem de Sá*, de la Armada portuguesa, a ciento ochenta millas al nornoroeste de la isla Graciosa, en las Azores. Y es que fue la huella histórica del Olonés —un antepasado del cual, huelga decirlo, no me siento nada orgulloso— lo que me llevó a la inmensidad del Atlántico y a vivir la experiencia más desconcertante de mi vida.

Tampoco ha sido necesario pensar demasiado para llegar a la conclusión de que difícilmente podría explicar los hechos con todo detalle sólo con mi voz y que tendría también que narrar la aventura, en este caso virtual, pero no por ello menos importante, de mi amigo Ferran, más conocido como *Cutthroat Lewis*, su *nickname* habitual en los tortuosos caminos de Internet. Él se convirtió en un aliado imprescindible de lo que acabamos llamando la «Tripulación del Pánico».

Pero será mejor que empiece por el principio...

1. Correo certificado

De entrada diré que soy dominicano, aunque nunca he puesto los pies en el que se supone que es mi país. Lo abandoné cuando era un recién nacido, en brazos de mi madre, para subir a un avión con el que atravesamos el Atlántico. Quizá para un niño dicha experiencia habría sido una gran aventura, pero para un recién nacido no pasaba de ser una gran molestia.

Mi madre partió hacia España con los papeles en regla, permiso de trabajo, la promesa de un empleo esperándola y muchas ganas de salir adelante en Europa. Con los años, me he dado cuenta de que aquello fue un verdadero lujo: la mayoría de la gente que intenta la aventura europea, de estas cuatro condiciones, sólo cuenta con la cuarta. El empleo, los papeles y todo lo demás nos lo proporcionaba mi padre, que hacía ya una temporada que se había instalado en España, había regularizado su situación y se había acogido al reagrupamiento familiar. Incluso yo, el fruto tal vez accidental de unos cuantos días de vacaciones, era un bebé perfectamente legal.

Tengo un recuerdo borroso de mis primeros años de vida. Los niños necesitan cosas concretas, rutinas y estabilidad para fijar sus recuerdos, y mis padres llevaron una vida demasiado errante como para que yo tuviese alguna vez algo de todo esto. Por lo que mi madre me ha explicado, sé que rodamos por media España, siguiendo los cambios de trabajo de mi padre. Después de cada traslado, ella intentaba buscar algún empleo en la nueva ciudad; y si no salía algo más estable, limpiaba casas.

Finalmente, en uno de los traslados, papá ya no vino con nosotros. Quizá se había cansado de ir arrastrando a la familia; quizá había encontrado a otra mujer; o quizá pensaba que se las arreglaría mejor él solo. No lo sé. Yo era muy pequeño e incluso el recuerdo de mi padre se desdibuja en el tiempo. A mamá no le gusta hablar de ello, y a mí, francamente, el tema me ha ido interesando cada vez menos a medida que han ido pasando los años. No soy ningún adolescente que espera el regreso de un padre perdido y casi mítico. Afortunadamente, soy mucho más práctico.

El caso es que mi madre se quedó varada en su último lugar de residencia como una náufraga abandonada en una isla cualquiera. Y su último lugar de residencia era Cornellá, como habría podido ser Coslada, Sondika o Santoña. Supongo que lloró todo lo que tenía que llorar y que, después, empezó a luchar para salir adelante.

Al principio, sola y bastante descolocada, sólo encontró míseros empleos, que alternaba con faenas por las casas. Por la noche acudía a estudiar a una escuela de adultos. Yo la veía muy poco: al salir de la escuela, iba a casa de una vecina cubana, Fernanda, que en su país había sido profesora de matemáticas, pero que en Cornellá trabajaba de barrendera.

Fernanda era una mujer extraña, capaz de combinar una mentalidad rigurosamente científica con la práctica de los rituales de la santería, que celebraba por encargo y con gran éxito entre el vecindario. Cuando empecé a ir a su casa yo era muy pequeño y me divertía comparar el color de su piel con el de la mía: al lado de la de la mayoría de mis compañeros de clase, yo era negro; al lado de Fernanda, por el contrario, era blanco. Supongo que, de esta forma, descubrí, por primera vez, que las cosas de esta vida no son nunca sencillas ni están claramente definidas.

La primera vez que Fernanda me vio atascado con los deberes, incapaz de hacer una multiplicación, se sentó a mi lado, apartó de un manotazo la ropa que estaba zurciendo y empezó a explicarme matemáticas con un entusiasmo que no había visto en ninguno de mis maestros. De pronto, ya no era Fernanda, la barrendera que jugaba a ser santera, sino la licenciada Medina, una profesora que se moría de ganas de volver a dar clase y que había decidido, en el tiempo que había tardado en sentarse a mi lado, que su único alumno, yo, sería el mejor de la escuela.

Lo consiguió. En pocas semanas, yo ya destacaba en matemáticas y pronto empecé a hacerlo en el resto de las asignaturas.

—Las matemáticas son la llave que abre todas las

puertas, *m'hijito* —me dijo Fernanda cuando le enseñé, al mes siguiente, la nota de felicitación que la maestra me había escrito en la libreta—. Domínalas y sólo te faltará saber dónde están.

—¿Dónde están? ¿Qué? —pregunté yo desconcertado.

—¡Dónde están las puertas, Edgar, dónde están las puertas! —saltó ella, riendo estrepitosamente y dándose palmadas en los muslos.

Y me quedé igualmente desconcertado. Fernanda a veces decía cosas extrañas como aquélla, cosas que no entendías pero que se te quedaban en la memoria, como clavadas, hasta que un día, de pronto, comprendías qué había querido decir. Quizá era parte de su manera de enseñar. Nunca me he decidido a preguntárselo, ni siquiera ahora, que han pasado los años.

La reacción de mi madre al ver aquella nota fue muy distinta. Casi se echó a llorar y me dijo, muy seria, que aquello era lo que debía hacer, que tenía que ser siempre el mejor, porque sólo los mejores pueden hacer siempre lo que quieren. Que nunca olvidase que, al fin y al cabo, yo era extranjero en aquella tierra y que tendría que pasarme la vida demostrando más cosas que la gente del país. Que tenía que ser bueno con los números y con las letras, y hablar idiomas, e ir siempre un paso por delante de los demás.

—Y nada de chicas, Edgar, nada de chicas. Que a los hombres os hacen perder las fuerzas y el tiempo, y si después las tenéis que abandonar, no habrá merecido la pena nada de lo que hayáis hecho por ellas.

Yo me eché a reír. No entendía qué tenían que ver

las chicas con las multiplicaciones y, en cualquier caso, no era un tema que me interesase demasiado.

En aquella época tenía yo ocho años y tardé mucho aún en comprender que tanto mi madre como Fernanda tenían razón.

Pero ya entonces me intrigó aquello que había dicho mi madre sobre el hecho de ser extranjero. Porque si realmente yo era extranjero en aquella tierra (fuese Europa, España, Cataluña o Cornellá), ¿de dónde era yo? ¿De una República Dominicana que ni tan siquiera conocía? ¿O sencillamente —esto lo pensé, por supuesto, mucho después—, «del extranjero», aquel espacio indefinido adonde la gente que lleva muchas generaciones viviendo en un lugar relega a la que no lleva tantas? También con el tiempo llegué a comprender que siempre sería extranjero en todas partes: «dominicano» o «sudamericano» (¡cómo si la República Dominicana estuviese en América del Sur!) en Cornellá; «español» si algún día regresaba a la Isla (mamá siempre lo dice así, «la Isla», pronunciándolo como si hubiese una mayúscula). Y aún comprendí otra cosa más importante: que eso no era malo, sino todo lo contrario, porque me permitiría ver las cosas de mi país (fuese cual fuese) siempre con una cierta distancia, con cierta capacidad de crítica, sin apasionamientos.

Hice caso de los consejos de mi madre y de Fernanda y me esforcé en ser un buen estudiante, aunque esto significase algunos sacrificios. Llegué a Secundaria como un alumno destacado en casi todas las asignaturas y que estaba en excelentes relaciones con los profesores. La relación con los compañeros y compañeras, por el contrario, no iba tan bien. Siempre he tenido pocos amigos y los que he tenido siempre han sido personas como yo: poco sociables y muy encerradas en sus cosas, como Ferran, enganchado todo el tiempo a Internet.

Llegué, pues, a los diecisiete años convertido en un estudiante brillante, con fama de serio y responsable, que hablaba con más o menos destreza cuatro idiomas (además del catalán y castellano, mi madre había insistido en apuntarme a una academia para mejorar el inglés, que aprendía en el Instituto, y continuar las clases de francés, lengua que aprendía también desde niño) y que había tomado la decisión de estudiar Náutica, aprovechando su gran facilidad para las matemáticas. ¿Amigos? Muy pocos. ¿Aficiones? Los mismos estudios y, únicamente, la historia de los antiguos navegantes del Caribe y de sus navíos.

Y aquí, por supuesto, es donde entra en escena el Olonés.

Recuerdo que el día que le expliqué a mamá que me gustaría estudiar Náutica, le comenté que así me convertiría en el primer navegante de la familia. Ella asintió lentamente, sonrió y respondió:

—Exceptuando al Olonés, claro. Aunque tengo entendido que él no fue un gran navegante.

El Olonés... La figura de aquel pirata francés del siglo XVII había ocupado algunas fantasías de mi infancia. Cuando era niño, mamá me había explicado que yo era descendiente más o menos legítimo de éste e incluso me había explicado unos cuantos cuentos de piratas, que tenían mucho más que ver —supe más tarde— con la fantasía cinematográfica que con la realidad histórica del personaje. El Olonés no había sido ningún romántico capitán Blood haciendo de justiciero en las Antillas con el rostro de Errol Flynn; ni tampoco un tipo pintoresco con pata de palo y loro en el hombro. Pero la auténtica historia de Jean-François Nau no era de las que una madre explicaría a su hijo pequeño antes de irse a dormir.

Lo cierto es que el Olonés, como tantos otros piratas, ilustres o del montón, igual que muchos aventureros desde que el mundo es mundo, había diseminado hijos en todos los lugares donde habían recalado sus naves. La mayoría de estos hijos nunca tendrían un padre, en una época y una tierra en la que los hijos bastardos eran la mayoría. Otros, por el contrario, fruto tal vez de una relación más estable (porque incluso los hombres más inhumanos pueden tener en algún momento sus sentimientos), serían reconocidos y recibirían un apellido, tal vez acompañado de un puñado de doblones, probablemente manchados de sangre.

Entre ellos, un mulatito de La Tortuga, cuyo nombre se ha perdido en el tiempo, antepasado, unas dieciséis generaciones atrás, de mi padre y mío.

El día en que aquel comentario de mi madre hizo resucitar los recuerdos de aquellos cuentos de mi infancia, se despertó en mí una enorme curiosidad por saber más cosas de aquel antepasado tan poco común y de las circunstancias reales de su vida y sus aventuras. Y así fue cómo el mundo de aquellos criminales del mar se convirtió para mí en una verdadera pasión.

Según cómo se mirase —y según afirmaba mi amigo Ferran—, mi única pasión en aquella época.

En cualquier caso, el Olonés y los piratas en general estaban muy lejos de mi pensamiento aquella mañana de septiembre, poco antes de que empezase el curso, cuando sonó el timbre de la puerta de mi casa.

Afuera, en el trozo de calle que se adivinaba desde la ventana de mi habitación, una lluvia lenta y perezosa hacía brillar el asfalto bajo un cielo gris que empezaba a anunciar el otoño. El bochorno del verano, que tanto habíamos odiado, iniciaba su retirada y quién sabe si pronto no lo echaríamos de menos. Mi madre había ido a trabajar —aquélla era la mañana que dedicaba a limpiar una gestoría polvorienta de la calle de al lado—, y yo hacía el gandul en casa, agotando los últimos días de vacaciones, aquellos días fatídicos en los que la mayoría de los compañeros desaparece porque prepara exámenes de septiembre y casi te duele haber aprobado todo y no estar con ellos.

Fui a abrir sin ganas y sin curiosidad, convencido de que se trataría de un vendedor, un predicador, un mendigo o cualquier otro ejemplo de los numerosos individuos que se creen con el derecho de venir a molestarte simplemente por el hecho de que tienes un timbre en la puerta.

Pero me equivocaba. Era el cartero; yo nunca había visto que subiese a traer el correo al piso en lugar de dejarlo en el buzón.

—¿Edgar Nau? —preguntó.
—Yo mismo.
—Traigo un certificado.

Sacó un sobre de papel grueso, una libreta de hojas desgastadas y un bolígrafo atado con un trozo de cordel. Me indicó dónde tenía que firmar en la libreta, poniendo la fecha y el número del carné de identidad, y repetí la operación en una cartulina pegada al sobre.

Después, el cartero regresó a su trabajo, sin duda pesado y aburrido bajo la llovizna de la mañana, y yo me quedé plantado en el umbral de la puerta, con un sobre de papel grueso en las manos, preguntándome quién podía haberme enviado, a mí, una carta certificada. La extrañeza aumentó más aún cuando leí el nombre del remitente escrito en el sobre —F. Borau Miret (Notario)—, seguido de una dirección de Rambla de Cataluña, en pleno centro de Barcelona.

El sobre quedó sin abrir sobre mi mesa casi todo el resto de la mañana. Aunque naturalmente sentía una gran curiosidad para saber qué podía enviarme una notaría por correo certificado, al mismo tiempo me embargaba cierta desconfianza. Por lo poco que sabía del tema, la gente iba a las notarías para hacer testamento o para comprar y vender propiedades. También había visto en muchas películas que la gente iba allí para que les leyesen el testamento de alguien que había muerto y les había dejado alguna cosa en herencia. Pero no me parecía que ninguna de estas posibilidades se me pudiese aplicar: ni mi madre ni yo teníamos propiedades ni posibilidad de comprarlas, y por ese mismo motivo no teníamos por qué hacer testamento. Y, naturalmente, la posibilidad de que alguien me hubiese nombrado heredero de algo era completamente absurda: nosotros estábamos pelados, pero casi éramos ricos si se nos comparaba con la familia que había quedado en la Isla.

Además, si se tratase de algo así, lo lógico sería que la carta estuviese dirigida a mi madre, y no a mí...

Mi primera idea fue precisamente esperar a que llegase mi madre para abrir el sobre con ella, pero al fin la curiosidad fue más fuerte. Además, me daba un poco de vergüenza tener que confesarle que no me había atrevido a hacerlo yo solo.

Las manos casi me temblaban cuando abrí la carta. Dentro, en una hoja de papel grueso, con el mismo membrete de la notaría que ya había visto en el sobre, sólo había una breve nota en la que me convocaban en sus oficinas el lunes de la semana siguiente, a las seis de la tarde, con tal de comunicarme determinadas disposiciones y entregarme cierto documento por encargo de un cliente. Me pedían también que telefonease para confirmar mi asistencia, o para concertar otro día y hora si no me era posible ir cuando me indicaban. Nada más. Sólo mi nombre, dirección y número de carné de identidad, como si me conociesen perfectamente, y el nombre del cliente que quería hacerme entrega del documento. Nunca antes había escuchado aquel nombre: la Sociedad Clairbone de Estudios Genealógicos, una empresa con sede en Nueva Orleans, en Estados Unidos.

Con la carta en las manos, miré el teléfono con ganas de llamar inmediatamente. La carta no me había aclarado gran cosa, pero no tenía ninguna duda sobre lo que me diría mi madre: aquello no dejaba de ser una citación oficial y no tenía otra alternativa que ir. Hasta que no supiese con más claridad qué clase de documento querían entregarme, no podría saber a qué atenerme. Y yendo tampoco me estaba comprometiendo a nada…

En aquel momento, aquella mañana de principios de septiembre, con un cielo gris que dejaba caer una densa llovizna sobre Cornellá, ya lo he dicho antes, el nombre de Jean-François Nau, conocido como el Olonés, estaba muy lejos de mi pensamiento.

* * *

Pirata. Corsario. Filibustero. Bucanero.

Es increíble la cantidad de gente que utiliza estas palabras como si significasen lo mismo. Más o menos, la misma cantidad de gente que considera a los piratas unos personajes pintorescos y simpáticos, protagonistas de canciones y de cuentos infantiles.

Pero vayamos paso a paso…

El pirata es ni más ni menos que el bandido del océano, el equivalente marítimo del salteador de caminos o bandolero. La piratería es una actividad tan antigua como la navegación: siempre ha habido personas sin escrúpulos decididas a echarse a la mar para asaltar navíos mercantes o poblaciones costeras. Sin embargo, ¡cuidado!, que nadie se imagine que los piratas de la época de los griegos, de los romanos o de la Edad Media enarbolaban ya la bandera negra con la calavera y los huesos cruzados, el «Jolly Roger». El uso de esta bandera no apareció hasta aproximadamente el año 1700 en el Caribe.

Y si hablamos del Caribe, podremos hablar ya de los filibusteros, porque éste es el nombre con el que han pasado a la historia los aventureros europeos que marcharon a las Américas para probar fortuna con la captura de los galeones que llevaban a España el oro americano. Claro que los galeones, agrupados en flotas, fuertemente armados y escoltados, quedaban fuera del alcance de los barcos piratas menos equipados, que se dedicaban a atacar buques de carga no tan protegidos. *Filibustero* proviene del inglés antiguo *flibutor* o *freebooter*, derivado del holandés *vrisbueter* o *vrijbuiter*, que significa «saqueador libre», o sea, pirata.

Los filibusteros, los piratas del Caribe, llegaron a controlar ciudades enteras, que se convertían en refugios de piratas y cuya población tenía en la piratería su actividad principal. El primer refugio pirata, y seguramente el más famoso, fue la isla Tortuga, enfrente de las costas de La Española, que es la isla que comparten actualmente Haití y la República Dominicana. Digo esto porque hay mucha gente que, cuando oye hablar de los filibusteros de La Tortuga, piensa en otra isla del mismo nombre que está al oeste de la isla Margarita, al norte de la costa de Venezuela y en el territorio de este país. La Tortuga fue el punto de partida de las sangrientas gestas de individuos como los franceses Monbars el Exterminador y el Olonés, o el holandés Roc Brasiliano. En 1654 el gobernador español de Cuba envió una fuerza de asalto que conquistó la ciudad y acabó en teoría con los piratas de allí.

Destruida La Tortuga, los filibusteros se desviaron a Port-Royal, en la isla de Jamaica, un importante centro de comunicaciones del Caribe que pronto se convirtió en su nuevo refugio y escenario de sus desenfrenos cuando regresaban a tierra, dispuestos a gastarse su parte del botín. De Port-Royal salían los barcos de Henry Morgan, quizá el pirata más importante del Caribe, que saqueó Camagüey, Maracaibo, Gibraltar y Panamá. La ciudad llegó a tener tan mala fama que, cuando en el año 1692 fue destruida por un terremoto, mucha gente aseguró con una convicción absoluta que se había repetido la historia bíblica de Sodoma y Gomorra, y que Dios había aniquilado la ciudad más pervertida del mundo. Y la prueba de que esta creencia no era sólo una forma de hablar es que, cuando unos años después los jamaicanos reconstruyeron la ciudad, la actual Port-Royal, no lo hicieron en el mismo lugar, sino al otro lado de la bahía.

La isla de New Providence, en las Bahamas, y sobre todo su capital, Nassau, sería el último refugio de la piratería, hasta el extremo de convertirse en una especie de república pirata independiente. Los historiadores dicen que, cuando los piratas fueron expulsados de Nassau, en 1718, se terminó la edad de oro de la piratería. Pero aquellos últimos piratas no fueron por ello menos famosos ni menos sanguinarios: Calicó Jack, por ejemplo, visitaría con frecuencia el puerto de Nassau y allí anclaría también el barco pirata tal vez más famoso y temido de la historia, el *Queen Anne's Revenge*, la nave de Barbanegra.

Otra cuestión es la de los corsarios. Técnicamente,

un corsario no es un pirata, sino un capitán de navío que ha recibido el encargo de su Gobierno de perjudicar el comercio marítimo de un país enemigo. Y supongo que queda claro cómo se perjudica el comercio marítimo de un país con un barco: ¡asaltando sus mercantes! Un corsario, pues, no es un fuera de la ley, sino un pirata «legal» que se compromete a atacar sólo los barcos de un país determinado y a pagar a su Gobierno una parte del botín en concepto de impuestos. No obstante, la gran diferencia es que, si la justicia le atrapa, no será tratado como un pirata (y por lo tanto, colgado), sino como un prisionero de guerra. Aparte de esto, son piratas como los demás y tan sanguinarios como cualquiera de ellos.

Entre los primeros colonizadores de la isla de La Española hubo algunos que se instalaron en los bosques costeros del norte y se dedicaron básicamente a la caza. Con frecuencia, los barcos que pasaban les compraban carne y esto les hizo pensar que harían mejor negocio si encontraban la forma de preparar conservas de carne en lugar de venderla fresca. Aprendieron de los indios un método para conservar la carne que consistía en cortarla en finas tiras, salarla y ponerla a ahumar sobre unas parrillas de caña que denominaban *barbaco* —de ahí viene la palabra *barbacoa*—. A la carne salada y ahumada de esta manera, los indios la llamaban *bucan* y, por esta razón, los cazadores que la preparaban y la vendían fueron llamados *bucaneros*. Los bucaneros, por tanto, no eran piratas, aunque comerciaban sobre todo con piratas y muchos acababan enrolándose en sus tripulaciones.

Y si éstos eran los nombres con los que se les conocían en todas partes, queda por ver con qué nombres se designaban entre ellos mismos. Quizá el más popular era el de «hermanos de la costa», que hacía alusión a la hermandad que formaban los bucaneros en la costa de La Española, una hermandad regida por sus propias leyes y sus propias costumbres. Pero más frecuente era el nombre de «gentilhombres de fortuna», que personalmente pienso que es uno de los eufemismos más horribles de la historia. Claro que también era usual entre los piratas un nombre mucho más brutal y, precisamente por eso, mucho más gráfico y sincero: *cutthroats,* es decir, *rebanacuellos.*

Ahora bien, definiciones aparte, los piratas del Caribe y del golfo de México formaron una de las peores colecciones de criminales, saqueadores y lo que ahora denominaríamos asesinos en serie que ha conocido la historia. Autores de crímenes estremecedores y matanzas injustificables, verdugos de barcos pero también de pueblos y ciudades, hacen que las gestas más sanguinarias de sus contemporáneos, los bandoleros y salteadores de caminos europeos, parezcan poca cosa. Es cierto que las biografías de muchos de ellos son de lo más novelescas y que sus vidas pueden llamarnos la atención... Los excesos de Barbanegra parecen más el producto de la imaginación de un guionista de cine que de la realidad; y la vida de personas como Monbars o Mary Read parece sacada de una novela romántica. Pero no creo que esto haga olvidar sus crímenes ni les convierta en personajes admirables.

Ya lo he dicho antes: la mayoría de la gente se imagina a los piratas como unos tipos simpáticos y aventureros, con un parche en el ojo, una pierna de palo y un loro en el hombro, cantando, bebiendo ron y viajando por los mares. Los perfectos protagonistas de canciones y cuentos infantiles... Aunque seguramente sus víctimas, todos los marineros y los habitantes de las ciudades saqueadas que acabaron decapitados, destripados, pasados por la plancha, mutilados o torturados de las maneras más inimaginables, no los encontraban ni simpáticos ni pintorescos. Es como si alguien, en el futuro, convirtiese a los miembros de la SS en personajes folclóricos alemanes, alegres, gorditos y bebedores de cerveza.

Y sin embargo la vida, muchas veces, es así.

2. Jean-François Nau, el Olonés

Aquel lunes, un poco antes de las seis de la tarde, después de haber subido hasta el cuarto piso en un ascensor de madera oscura con puertas de cristal, que crujía y chirriaba como si mi peso le resultase excesivo, me detuve un momento ante la puerta de la notaría Borau Miret.

Era una de aquellas puertas altísimas típicas de las casas antiguas, de una madera tan oscura que casi parecía negra, con una gran mirilla de rejas y un picaporte de bronce o de latón que brillaba mortecino en la penumbra del rellano, también desmesuradamente alto, apenas iluminado por un fluorescente mínimo colocado demasiado arriba para ser eficaz, con un suelo que un día había sido de mármol blanco y brillante, pero que ahora se veía ajado por los años y redondeado en el borde de los escalones. De hecho, todo el edificio daba la misma sensación: el enorme vestíbulo oscuro, con grandes lámparas apagadas; el quiosco del portero a un lado, de hierro negro y cristal, el principio de la escalera, exageradamente amplio y con piñas de latón en la balaustrada, un detalle moderno que resultaba fuera de lugar en aquel escenario de principios del siglo pasado.

Al ver la citación de la notaría, mi madre había reaccionado como yo había imaginado. Me había hecho llamar inmediatamente para confirmar la hora e incluso aquel mismo mediodía, después de comer, había escogido la ropa que tendría que ponerme para ir allí: unos pantalones de vestir bastante incómodos y una camisa blanca que me hacía sentir vagamente ridículo, como si fuese a presentarme disfrazado a una cita que podía ser importante. Por suerte, en el último momento no me obligó a ponerme corbata, o la sensación de incomodidad habría llegado a ser insoportable.

Cuando finalmente apreté el timbre, éste sonó seco y ronco en el interior de la casa. Pensé que aquel sonido hacía juego perfectamente con la puerta, una puerta tan correctamente seria y antipática, que resultaba imposible imaginarla decorada con uno de aquellos felpudos donde pone «Bienvenidos» y aún menos con unos de aquellos azulejos de cerámica con colorines que anuncian el origen, las devociones o las preferencias futbolísticas de los que viven allí.

Me abrió la puerta una chica de veintitantos años, con el pelo rubio recogido, gafas y un traje de chaqueta gris, serio, pero al mismo tiempo demasiado corto; exactamente el tipo de chica y el tipo de vestido que la mayoría de los viejos debía de quedarse mirando, pero que difícilmente provocarían la misma reacción en ningún joven. O al menos en mí.

El hecho de que hasta ahora haya hecho tanto caso a los consejos de mi madre sobre las chicas no significa, por supuesto, que no me gusten. Me gustan e incluso puedo decir que me gustan mucho, y me he sentido muy atraído por más de dos y más de tres compañeras de mi Instituto. El problema que tengo con las chicas es que mis gustos me ponen las cosas un poco difíciles. De hecho, hasta ahora, siempre que he encontrado alguna que me resultaba lo suficientemente atractiva, ha sido para descubrir a continuación que, como persona, no me interesaba en absoluto. Y a la inversa, un par de compañeras de clase que encuentro lo suficientemente interesantes, resulta que en la última cosa que piensan es en ir con chicos..., eso sin contar que sólo una de ellas se parece un poco a la idea que tengo yo de una chica atractiva.

«Lo que sucede —me dice siempre mi amigo Ferran— es que te gustan unas tías tan raras que, si después resultase que existen, seguro que serían complicadísimas.» O bien, cuando comenzamos a hablar de chicas después de haber estado hablando de nuestras aficiones respectivas, me mira fijamente y me suelta: «Pero, oye, ¿qué es más importante: que esté buena o que sepa distinguir una driza de un obenque?» Y si me aguanto las ganas de contestarle que para mí lo ideal sería que además de estar buena supiese incluso qué diferencia hay entre un sobrejuanete y un sobreperico, es, sencillamente, porque sé que Ferran, en cuestión de chicas, aún está más pez que yo y sólo le interesan, que yo sepa, Lara Croft y una *ciberamiga* de Toronto que conoció en un *chat*.

El caso es que le dije mi nombre a la chica del traje de chaqueta y las gafas, y ella me hizo pasar inmediatamente.

El interior de la notaría no desentonaba en absoluto con el exterior. Era uno de aquellos pisos viejos del centro de la ciudad, con el suelo de baldosas irregulares formando dibujos amarillentos y pardos, techos altísimos decorados con molduras de yeso y cristales traslúcidos en la parte de arriba de las puertas. Justo delante de la puerta de la entrada había un pequeño mostrador de recepción, con un ordenador y un teléfono con distintas líneas; en el techo, unos potentes fluorescentes conseguían la proeza estética de hacer que el piso estuviese perfectamente iluminado sin necesidad de parecer ni acogedor ni bonito.

La chica me pidió que la siguiese por un corto pasillo hasta una puerta de cristales esmerilados que me abrió.

—Haga el favor de esperar aquí —me dijo—. El notario le recibirá enseguida.

Y se fue, dejándome en una de aquellas salas de espera pequeñas y sin ventanas con una mesa cubierta de revistas atrasadas y un gran cenicero de cristal de roca al lado de un cartel que prohibía fumar.

El único ocupante de la salita era un hombre de unos treinta o treinta y cinco años, con todo el aspecto de ser un directivo de alguna gran empresa o de un banco. Iba vestido con gran elegancia, sin estridencias, con un conjunto oscuro, camisa de color hueso y unos zapatos lustradísimos que dejaban adivinar unos calcetines a juego con la corbata lisa. Estaba sentado con las piernas cruzadas y hojeaba un número del

Financial Times, pero ni siquiera aquel gesto rompía la perfecta alineación de la raya de sus pantalones. El rostro, amplio, de trazos regulares, serio pero al mismo tiempo simpático, estaba muy bronceado y las manos que sostenían el periódico mostraban unas uñas tan pulcramente recortadas que parecían recién salidas de la manicura. Me saludó haciendo un leve gesto con la cabeza, sin apartar los ojos de la lectura, y yo respondí con un tímido «buenas tardes». Era evidente que aquel hombre estaba allí mucho más en su ambiente que yo, y no podía evitar admirarlo como un ejemplo del aspecto que me gustaría llegar a tener algún día.

Me senté en una de aquellas sillas de la sala de espera que no acaban de ser ni una silla ni una butaca, pero no tuve tiempo de aburrirme. No hacía ni dos minutos que estaba sentado, cuando la puerta se abrió de nuevo y la misma chica de antes me llamó por mi nombre:

—¿Señor Nau? ¿Quiere acompañarme, por favor?

En el mismo instante en que me levantaba vi cómo el ejecutivo levantaba la vista del periódico y me lanzaba una mirada llena de curiosidad, rápidamente reprimida, como si mi apellido le hubiese resultado familiar. En aquel momento, sin embargo, no di ninguna importancia al detalle.

Seguí a la recepcionista por otro pasillo, hasta que me hizo pasar a un gran despacho de paredes cubiertas por estanterías de madera oscura y presidido por una gran mesa de reuniones rojiza y brillante, con todo el aspecto de ser una antigüedad de gran valor. A un lado de la mesa, mirando hacia la puerta, estaban sentados un hombre mayor de aspecto solemne, que deduje que sería el notario, y otro más joven, vestido con camisa y corbata, que se presentó como su secretario.

La chica me indicó dónde tenía que sentarme, enfrente de aquellos dos personajes, y me pidió el carné de identidad. Se lo di, ella se lo pasó al secretario y éste se lo dio finalmente al notario.

—¿Es usted el señor Edgar Nau Montero, de diecisiete años, soltero, vecino de Cornellá de Llobregat, Barcelona...? —empezó el notario con voz monótona; y antes de que yo pudiese responder algo, leyó de un tirón todos los datos del carné de identidad: lugar y fecha de nacimiento, dirección, nombre del padre y de la madre...

—Soy yo —respondí, un poco cohibido, cuando terminó.

Visto a distancia, este ceremonial puede parecer un poco ridículo, pero allí, ante aquella mesa enorme, bajo aquellas estanterías cargadas de libros de leyes y en presencia de aquel hombre que tenía cara de no haber explicado ni un solo chiste en toda su vida, no hacía ni pizca de gracia.

El notario asintió, satisfecho con mi respuesta, abrió un portafolios que tenía delante, examinó atentamente los papeles que contenía y, finalmente, con la misma voz monótona y solemne, me soltó la pregunta que yo menos podía haberme esperado escuchar bajo aquel techo.

—Diga si es cierto que es usted descendiente directo y legítimo del señor Jean-François Nau, que algunos autores llaman Francis Nau y otros, finalmente, Jacques-Jean-David Nau, nacido en Sables-d'Olone, departamento francés de Vendée, el año 1630 y muerto en Barú, Colombia, en 1671.

Supongo que me quedé con la boca abierta y en silencio más tiempo del que era normal, porque descubrí los ojos del notario y de su ayudante clavados inquisitivamente en mí. La recepcionista, mientras, había desaparecido sin hacer ruido.

—Es cierto —dije con un hilo de voz, tan desconcertado por la pregunta en sí como por el hecho de que me la hiciesen con aquella absoluta naturalidad.

El notario asintió con un sonido gutural antes de preguntarme:

—¿Podría decir el nombre con el que era conocido su antepasado y su ocupación más notoria?

Supuse que aquello era una especie de prueba, una manera de certificar que no se estaban equivocando de persona, que no había una coincidencia de nombres o alguna cosa por el estilo.

—Le llamaban el Olonés, por el lugar de nacimiento —respondí con seguridad—. Era pirata.

Inmediatamente sentí el impulso de añadir alguna cosa, de hacer alguna puntualización, aunque fuese para ver si podía hacer cambiar de expresión a aquel rostro impasible.

—En Barú murió y también fue devorado —dije—. Los indios que masacraron a su tripulación eran antropófagos.

El notario dejó escapar un sonido afirmativo como el de antes, impasible, como si, entre aquellas cuatro paredes, los piratas y los caníbales fuesen un tema de conversación tan habitual como las escrituras de propiedad y los testamentos.

—Mi secretario le enseñará la documentación que nos han encargado que le entreguemos y le dará todos los detalles del caso —me dijo Borau Miret—. Entonces, si está de acuerdo, formalizaremos la entrega.

Y sin decir ni una palabra más, se levantó y desapareció por una puerta que tenía detrás y en la que no me había fijado antes.

* * *

Como muchos otros franceses de su época, en el siglo XVII, Jean-François Nau decidió ir a probar fortuna a las nuevas colonias americanas. Y lo hizo como lo hacía la mayoría de los emigrantes sin recursos: como *engagé*, es decir, contratado voluntario de la Compañía de las Indias Occidentales. Sobre el papel, el trato parecía bastante aceptable para los contratados: la Compañía les proporcionaba pasaje gratuito a bordo de uno de sus barcos, y ellos, a cambio, se comprometían a trabajar durante algún tiempo a sueldo de alguno de los colonos ya establecidos en América. Después de este tiempo, pasarían a ser ciudadanos de pleno derecho de la colonia.

Sin embargo, la realidad, no era ni mucho menos tan bonita. En primer lugar, el viaje hacia América era una experiencia terrible para los emigrantes. La travesía desde Francia duraba nueve semanas, nueve semanas de amontonamiento, mala alimentación y sed, en unas condiciones sanitarias espantosas. En la época se decía que en los barcos de la Compañía los cerdos viajaban con más comodidad que los pasajeros, y era literalmente cierto: los cerdos proporcionaban carne y, por lo tanto, resultaban mucho más útiles que los futuros colonos.

Una vez en isla Tortuga, los contratados voluntarios disponían de dos días para conocer su nueva tierra. Pasados estos dos días, chocaban con la cruda realidad: eran encadenados y trasladados al mercado de esclavos de La Tortuga, donde los subastaban entre los colonos junto con los auténticos esclavos que los traficantes traían de África. Entre unos y otros, sólo había una diferencia: mientras los africanos serían esclavos toda la vida, los contratados voluntarios sólo lo serían por un período de tres años. Técnicamente, los colonos no los compraban, sino que los alquilaban a la Compañía por este tiempo. Pasados los tres años, recobrarían la libertad y todos sus derechos, y cobrarían, además, una paga equivalente a la de tres años de un soldado, con la que se suponía que podrían establecerse por su cuenta. No es preciso decir que, para los pobres *engagés,* condenados a ser subastados como bestias y a trabajar como esclavos durante tres años, esta matización tenía muy poca importancia.

Jean-François Nau trabajó pues tres años como esclavo en las plantaciones de La Tortuga y, cuando obtuvo la libertad, se estableció como bucanero en Santo Domingo, en la época en la que los soldados españoles perseguían a los cazadores franceses de la isla acusándolos de colaborar con la piratería.

Mi antepasado destacó, según parece, en los enfrentamientos contra los españoles hasta que, en 1655, regresó a La Tortuga para hacerse corsario. En 1662 obtuvo una patente de corso y un barco del gobernador francés, y se hizo a la mar por primera vez como el Olonés, dispuesto a capturar todos los barcos españoles que se cruzasen en su camino. La primera expedición es un éxito relativo: hace algunas capturas, pero acaba encallando el barco y regresando a La Tortuga como un náufrago. En 1664, obtiene una segunda patente de corso y un segundo barco, pero su suerte no es mucho mejor: el barco encalla en la costa del Yucatán, los corsarios son capturados por los españoles y el Olonés consigue huir, después de múltiples peripecias, a bordo de una barca tripulada por un grupo de esclavos negros que ha liberado de una plantación para regresar a La Tortuga.

A partir de este momento, el prestigio del Olonés entre los filibusteros de La Tortuga es un tanto ambiguo. Por una parte, ha hecho naufragar los dos barcos que le han sido confiados, lo que no le presenta precisamente como un gran navegante. Por otra parte, sin embargo, ha conseguido llegar a La Española desde Yucatán a bordo de una barca tripulada por un grupo de esclavos fugitivos sin ninguna experiencia náutica, lo que es visto como una gran proeza. Esto hace que no pueda obtener un tercer navío, pero que no tenga problemas para reunir una tripulación dispuesta a zarpar con él hacia las costas de Cuba a bordo de una barca de vela. Antes de llegar allí, capturarán una segunda barca.

Con estas dos barcas el Olonés consiguió el primer éxito de su carrera. En la desembocadura de un río, donde muchos barcos iban a hacer aguada, tendió una emboscada a una fragata de diez cañones de la marina de guerra española, con ochenta tripulantes a bordo.

El pirata hizo rematar a todos los españoles heridos en la batalla, como venganza por los marineros que los españoles le habían matado en el Yucatán y encerró a los demás en la bodega de la nave con la intención de hacerlos prisioneros. Uno de aquellos prisioneros, sin embargo, se echó a sus pies pidiendo piedad y le confesó que era un esclavo obligado por los españoles a ir con ellos para hacer de verdugo, ya que la misión de la fragata no era otra que capturar piratas franceses y colgarlos inmediatamente, para desanimar a los filibusteros y que no siguiesen con sus actividades.

Al escuchar aquello, el Olonés desenvainó el sable y ordenó que hiciesen subir a los prisioneros a cubierta de uno en uno. A medida que iban sacando la cabeza por la escotilla, el pirata los iba decapitando y, no contento con ello, después de cada asesinato lamía ostensiblemente la sangre de la hoja del sable, entre comentarios sobre los diferentes gustos. A continuación, envió al único superviviente, el verdugo, con una carta para el gobernador de La Habana: «Señor, vuestras órdenes se han cumplido, no ha habido piedad para los prisioneros. Lo que sucede es que los prisioneros en cuestión eran vuestros hombres. Espero que la próxima vez seáis vos.» Su fama de sanguinario acababa de nacer.

A partir de aquel momento, las aventuras de Jean-François Nau se convierten en un sinfín de atrocidades. De él se explicaba que era capaz de arrancarle el corazón a un prisionero y morderlo para que los demás, llenos de terror, confesasen dónde habían escondido sus riquezas.

Aliado con un filibustero de gran prestigio, Miguel el Vasco, y al frente de una verdadera flota, el Olonés saquea la ciudad de Maracaibo. Muchos de sus habitantes, sin embargo, consiguen huir a Gibraltar, una ciudad cercana y bien fortificada. Todo es en vano: los piratas también toman Gibraltar, la saquean y se dedican a torturar sistemáticamente a los habitantes para que les entreguen las riquezas escondidas. Después, antes de marchar, piden un enorme rescate a las autoridades a cambio de no incendiar la ciudad.

Pasado el tiempo, después de convertirse en la máxima amenaza para los intereses españoles en el Caribe, el Olonés encontraría un final digno de su carrera de horror. Su barco embarrancó, un día de 1671, en la isla de Barú, donde la tripulación pirata fue masacrada y posteriormente devorada por los indios, que tenían fama de ser los más feroces de todos los pueblos «bravos» que habían sobrevivido a la colonización. Tenía cuarenta y un años.

* * *

Después de que el notario saliese por aquella puerta medio escondida, su secretario cogió el portafolios, se levantó y se sentó a mi lado.

—No te preocupes —me dijo en un tono tranquilizador, como si el hecho de que su jefe hubiese salido le autorizase, de alguna manera, a comportarse como una persona normal—. En realidad la cosa es bastante sencilla: se trata de una propuesta de trabajo.

Supongo que su intención era tranquilizarme un poco, pero reconozco que no tuvo demasiado éxito. Porque, si ya de entrada me había costado imaginarme qué había ido a hacer allí, ahora, después de las preguntas del notario, aún me era mucho más difícil imaginar qué tipo de trabajo me podía ofrecer alguien desde los Estados Unidos y, según parecía, por el hecho de ser descendiente del Olonés. En otras circunstancias, todo aquello me habría parecido un montaje publicitario estúpido, como esas cartas que te anuncian que has ganado un premio fabuloso en un sorteo inexistente; y aunque las cartas de ese tipo siempre hablan de la presencia de un notario en el sorteo, nunca dicen su nombre ni su número de colegiado, y aún menos te citan en una notaría. No: bastaba con echar una ojeada al despacho de Borau Miret para comprender que a alguien le estaba costando mucho dinero el hecho de que yo estuviese allí aquella tarde y la explicación no podía ser una tontería.

—¿Una propuesta de trabajo de esa Sociedad Clairbone? —solté, para que el otro se diese cuenta de que, al menos, había leído la carta e iba preparado.

—Exactamente. ¿Conoces la empresa?

—No. Ni entiendo cómo me han podido localizar.

—Es parte de su trabajo —sonrió él—. Te lo explicaré...

La Sociedad Clairbone de Estudios Genealógicos

tenía su sede en Nueva Orleans, pero trabajaba en todo el territorio de los Estados Unidos. Había sido fundada por un pequeño grupo de historiadores que se dedicaban a reconstruir por encargo árboles genealógicos e historias familiares, un trabajo relativamente fácil si se tiene acceso a los archivos necesarios y se dispone de tiempo para hacerlo.

Los fundadores de la sociedad pronto se dieron cuenta de dos cosas muy importantes. La primera, que con sus medios era imposible retroceder en el tiempo más allá del momento en el que la familia en cuestión había emigrado a América. De hecho, muchas veces no era posible establecer ni siquiera la fecha ni el lugar de nacimiento de aquellos primeros inmigrantes, algo que casi siempre interesaba de manera especial a los clientes. Esta primera constatación les llevó a una segunda, aún más importante: que precisamente donde podía haber negocio era en la investigación de las raíces europeas de las familias norteamericanas.

La Sociedad Clairbone se esforzó, a partir de entonces, en crear una red de corresponsales por toda Europa, una red que se iría extendiendo según las necesidades de la empresa. Eso les llevó finalmente a tener dos o tres delegados en cada país, una cantidad que pronto resultó insuficiente.

—¿Insuficiente? —la sorpresa me hizo interrumpir la explicación del secretario del notario—. ¿Tan bien les iba el negocio?

Él asintió.

—Era un negocio fabuloso —continuó—. La Sociedad ofrecía, al principio, estudios genealógicos detallados, con plena garantía de rigor histórico. Sus servicios en este campo no eran ni mucho menos baratos, pero pronto tuvo tantos encargos como podía atender. Y después de este inicio, que superó las expectativas más optimistas, decidieron diversificarse. Empezaron a atender también consultas concretas, de menor abasto y, en consecuencia, más baratas, y abrieron una división dedicada a las investigaciones jurídicas y legales y otra a la heráldica.

Asentí con la cabeza. Siempre me ha interesado la economía y sé de sobras que la clave del éxito de muchos negocios consiste, sencillamente, en ofrecer un servicio que nadie más ofrece, con frecuencia porque nadie ha pensado que pueda ser necesario. Hay muchas grandes fortunas nacidas de una idea brillante que incluso en un primer momento podía parecer una tontería. No me costaba nada creer, pues, que los fundadores de la Sociedad Clairbone se hubiesen hecho millonarios rápidamente con su invento de los árboles genealógicos por encargo. Lo que no veía nada claro es qué tenía que ver todo aquello conmigo. Y, ya puestos, qué relación podía tener con el Olonés.

—La Sociedad está ampliando constantemente su red de corresponsales e informadores para adaptarla a sus necesidades de cada momento —respondió el secretario cuando formulé la pregunta—. La función de esta notaría es hacer de intermediario con las personas con las que quieren contactar para darles la oportunidad de trabajar con ellos. Si te parece bien, el notario te dará el contrato para que te lo lleves, lo estudies y lo firmes si te interesa.

—Pero... —me venían a la cabeza tantas preguntas a la vez que me costaba decidir cuál tenía que hacer primero—. ¿Me quieren contratar para hacer... qué?

—Te contratan para que te mantengas a disposición de la Sociedad Clairbone y, llegado el momento, lleves a cabo alguna investigación en archivos o bibliotecas para ellos.

—O sea que el empleo no es seguro... —ahora empezaba a entender algo y no me gustaba en absoluto.

La respuesta del secretario de la notaría, sin embargo, hizo que todas mis dudas volviesen de golpe:

—Depende de lo que entiendas por un empleo —me dijo—. A partir del momento en que firmes el contrato, pasarás a cobrar cuatrocientos euros al mes, tanto si te encargan un trabajo como si no. Ése es el sueldo base neto. Aparte de esta cantidad, se te pagará un tanto por cada encargo.

Me pareció que no lo había entendido bien.

—¿Cuatrocientos euros sólo por estar a su disposición y el trabajo que haga, si lo hay, lo cobro aparte?

—Eso mismo —y añadió, con una sonrisa—: Y me parece que adivino la pregunta que vas a hacer ahora.

Naturalmente, no tenía que ser ningún genio para adivinarlo. Parecía lógico que si una sociedad de investigación histórica necesitaba informadores, recurriese a historiadores, bibliotecarios, archiveros... O, como mínimo, a estudiantes de Historia. ¿Qué interés podían tener en mí, un estudiante de Secundaria, sin ningún tipo de conocimientos en este campo?

—Hay dos motivos —me aclaró el hombre—. El

primero es que no buscan especialistas. La Sociedad da una enorme importancia a la discreción y considera que una persona experta en historia podría sentir curiosidad por estas investigaciones e interferir en el proceso, incluso robándoles datos o falseando los resultados.

—Alguien que no tiene ni idea de nada les trae el dato que quieren del archivo que quieren y no hace preguntas..., porque no sabe qué tiene que preguntar e, incluso si lo supiese, no le interesaría hacerlo —terminé yo.

—Eso es, pero no serás «alguien que no tiene ni idea de nada» —me corrigió mi interlocutor—. Si aceptas el trabajo, se te impartirá un curso de formación a cargo de la Sociedad y recibirás un carné acreditativo como documentalista.

—¿Y el segundo motivo? —pregunté mientras asentía con la cabeza.

—Es un motivo caprichoso y puramente estético, pero has de pensar que el negocio de la Sociedad está muy relacionado con los caprichos y la estética. Tienen por norma que todos sus corresponsales e informadores sean descendientes de algún personaje histórico. Y, si pueden escoger, prefieren a los descendientes de los personajes de la historia colonial americana, que suelen resultar especialmente atractivos para sus clientes.

Asentí de nuevo con la cabeza. Era una explicación. Extraña, rocambolesca, casi ridícula, pero una explicación. Además, todavía no me había comprometido a nada.

—Si lo desea, ya puede pedir al notario que me dé el contrato —propuse.

Cuando, al cabo de un rato, el secretario de la notaría me acompañaba hacia la salida, pasamos por delante de la sala de espera, donde aún estaba sentado el pulcro ejecutivo que había visto al llegar. Justo en aquel momento, la recepcionista, que llegaba por el pasillo en sentido contrario, sacó la cabeza por la puerta para llamarle, como había hecho antes conmigo:

—Me acompaña, por favor, señor Teach...

Al oír aquel apellido me quedé inmóvil un momento, mientras sentía que la sangre huía de mi cara y el pasillo parecía rodar ante mí.

Ahora comprendía por qué aquel hombre se me había quedado mirando con curiosidad al escuchar mi apellido. Y apreté con fuerza el portafolios que me había dado el notario, esforzándome en recuperar la serenidad y preguntándome en qué extrañísima historia me estaba metiendo.

3. William Lewis, el adorador del Diablo

Mi amigo Ferran es pirata, y aunque la piratería que practica es incruenta, eso no lo hace menos peligroso para sus víctimas. Su barco es virtual y navega por el océano sin límites de Internet siempre a la búsqueda de nuevas presas.

Ferran es uno de esos genios intuitivos de la informática que, en lugar de aspirar a ganarse bien la vida con su habilidad, prefiere vivirla como si fuese un arte, y jugar con ella en lugar de trabajar seriamente en ella. Cuando discutimos sobre el tema —algo que hacemos con bastante frecuencia— siempre acaba diciéndome que yo tampoco intento buscar una aplicación práctica a mi pasión por la historia de la navegación. Ya casi he desistido de explicarle que la diferencia entre mi pasión y la suya es que con la mía es imposible que me haga rico.

Las víctimas de Ferran son básicamente servidores y redes informáticas de empresas o de organismos públicos. Con procedimientos que sólo él conoce —me lo ha explicado un par de veces, pero no lo he acabado de entender—, consigue infiltrarse en los sistemas y dejar su huella en los lugares más secretos, como archivos de proyectos confidenciales o el correo electrónico privado de influyentes directivos. A continuación, espera unos días antes de repetir el ataque. Puesto que durante esos días lo más normal es que las víctimas hayan mejorado las medidas de seguridad de sus sistemas, el segundo ataque suele ser un reto mucho más interesante para él..., al mismo tiempo que genera una situación mucho más desagradable para los demás. En este momento, como hacían los piratas cuando izaban el pabellón negro con la calavera, Ferran se da a conocer y ofrece a la víctima sus servicios para preparar y mantener un sistema de seguridad a prueba de *hackers*.

Supongo que no es necesario aclarar que lo que hace Ferran es ilegal. Infiltrarse en sistemas informáticos ajenos es delito y por lo que respecta a ofrecerse para prevenir otros ataques es un acto de vulgar *gangsterismo*. Pero lo curioso del caso es que casi todas sus víctimas están encantadas de contratarlo como asesor de seguridad informática. Por una parte, porque comprenden que si les ataca otro *hacker*, quizá no sea tan inofensivo como él; por otra parte, porque sus servicios son de lo más baratos: él sólo necesita el dinero para pagar sus líneas telefónicas (no sé cuántas tiene) y las constantes actualizaciones de sus equipos.

Éste es, sin duda, el principal motivo de discusión entre nosotros dos. Intento por todos los medios hacerle comprender que si se dedicase seriamente al negocio de la seguridad de redes, en lugar de utilizarlo como un juego, podría ganarse muy bien la vida. Pero es como machacar en hierro frío: o no me entiende o lo aparenta.

—Mira, Edgar —acaba diciéndome siempre—, para ti, ser propietario de un gran negocio y convertirte en un auténtico triunfador es la cosa más importante de la vida. Pero, para mí, es mierda de gallina. Encuentro mucho más divertido meter el miedo en el cuerpo a un montón de pijos con corbata, de ésos que tú admiras tanto. Me hago respetar. Y, además, ya me dirás para qué quiero yo más pasta.

Es la teoría de Ferran: que cada uno tiene su escala de valores, que uno puede menospreciar lo que otro admira, y que es inútil discutir por ello ya que es imposible que alguna vez nos pongamos de acuerdo. Y a veces, hasta me entran ganas de darle la razón.

—En realidad, hago como tus piratas —me dice—. Se jugaban la vida en el mar, regresaban a tierra cargados de tesoros, se lo gastaban todo en unos días de desenfrenos y borracheras, y volvían a hacerse a la mar sin un clavo, desplumados como gallinas, pero orgullosos.

Ferran es el único de mis amigos con el que he hablado con frecuencia y extensamente de piratas. Empecé un día, cuando él se comparó con un filibustero moderno, y no he podido parar desde entonces. A él le gustó el tema tanto que incluso empezó a utilizar el sobrenombre de uno de ellos —William Lewis— como seudónimo en Internet, sobre todo, en los *chats* de fanáticos de la informática. Y es que Ferran ha resultado ser uno más de la legión de memos que consideran que los piratas eran una peña formidable.

Hay cosas que no tienen remedio.

* * *

Si tenemos que creer las historias que de él circulan, William Lewis fue el pirata que empezó más joven su carrera de crímenes: a los diez años se enroló en una tripulación pirata y, cuando el barco fue capturado, aseguró a los soldados que se lo habían llevado a la fuerza, lo cual le salvó de morir colgado. Dicen que, cuando vio a su capitán en la horca, escuchó una voz que le decía que él también tendría una muerte violenta.

Después de esto, Lewis continuó dedicándose a la piratería y no tardó en tener su propio barco, el *Morning Star*, que frecuentó Nassau en la misma época que las naves de otros sádicos notorios, como Barbanegra, Rackham el Rojo y Low (este último, famoso por haber obligado a un prisionero a comerse sus propias orejas salpimentadas).

Como pirata, William Lewis destacó por su competencia lingüística (hablaba correctamente inglés, francés, español y la mayoría de las lenguas indias del Caribe) y por su extraño sentido de la piedad religiosa (cada noche, antes de ir a dormir, se arrodillaba para decir sus oraciones..., pero no las dirigía a Dios, sino al Diablo).

Curiosamente, el mayor éxito de Lewis supuso también su perdición. El año 1727, ante las costas de Carolina, descubrió un mercante pesadamente cargado que tenía todo el aspecto de ser una buena presa. El *Morning Star* se precipitó sobre él y, a una cierta distancia, izó la bandera pirata.

Al contrario de lo que se ve en muchos libros y películas, los barcos piratas no llevaban permanentemente izado el *Jolly Roger* como si llevasen la bandera nacional. El pabellón pirata, que no representaba necesariamente una calavera y dos tibias entrelazadas, sino que mostraba distintas variaciones sobre el mismo tema, era sobre todo una señal. El mercante que lo veía sabía que, si se rendía inmediatamente, aún podía esperar clemencia. Si desobedecía el aviso, en cambio, habría persecución sin cuartel y ninguna piedad para los vencidos.

Aquel mercante de Carolina en cuestión ignoró la señal e izó todas las velas para huir del pirata. Para Lewis, aquello no hizo sino confirmar que el cargamento de la nave era realmente valioso y dio orden de iniciar la persecución.

El *Morning Star* era más ligero y mucho más rápido que el mercante y parecía que iba a atraparlo en poco tiempo. Pero en el último momento, cuando los piratas se disponían ya al abordaje, la presa viró por avante y le disparó una andanada alta, con tan buena fortuna que abatió el trinquete y el mastelero de juanete del mayor. Entonces, volvió a orzar y reemprendió la huida, mientras el barco pirata, medio desarbolado, empezaba a perder distancia.

Lewis, furioso como nunca, se subió a la punta del palo mayor y, una vez allí, empezó a arrancarse el pelo y a lanzarlo al viento mientras gritaba: «¡Oh, buen

Diablo! ¡Coge esto como un avance para cuando venga a ti!»

Sea por causalidad, por pericia de los gavieros o por auténtica intervención diabólica, el caso es que el *Morning Star* empezó a ganar velocidad y cayó sobre el mercante, que fue rápidamente abordado y su tripulación masacrada.

El botín que se obtuvo superó incluso las expectativas más optimistas, pero la tripulación de Lewis, que ya le temía por sus prácticas satánicas de cada día, quedó horrorizada por el pacto del capitán con el Diablo en lo alto del palo mayor. Y para evitar que el Maligno se los llevase a todos, un marinero escogido al azar entró en su cabina durante la noche y le asesinó de un tiro mientras dormía.

* * *

Aquel martes, hacia el mediodía, quedé con Ferran en el bar de al lado del Instituto, uno de nuestros puntos de reunión habituales. Tenía ganas de explicarle toda la historia de aquella propuesta de trabajo de la Sociedad Clairbone y la extraña coincidencia del apellido de aquel ejecutivo con quien había coincidido en la sala de espera de la notaría. Ferran y yo acostumbrábamos a ver las cosas de una manera muy distinta. Y eso era precisamente lo que hacía que tuviese tantas ganas de conocer su opinión: siempre he pensado que hablar con alguien sólo porque te va a dar la razón no tiene demasiado sentido.

Cuando el día anterior, al regresar de la notaría, le expliqué a mi madre todo lo que había pasado, ella reaccionó de una forma muy parecida a la mía: con ilusión por lo que podía ser una buena oportunidad de trabajo, pero al mismo tiempo con cierta desconfianza. Inmediatamente telefoneó a la gestoría donde hacía limpieza los lunes y me concertó una cita con uno de los graduados sociales que trabajaban allí, un chico joven que yo ya conocía de antes y que se ofreció a ayudarme sin cobrar nada.

—Pues lo más fuerte de todo —le estaba explicando a Ferran, en el bar, cuando apenas acababa de salir de la gestoría— es que el contrato es absolutamente legal y no hay trampa posible. Y además las condiciones son muy ventajosas para mí. No me comprometo casi a nada, puedo estar cobrando por no trabajar y, si se da el caso de que tengo demasiado trabajo, puedo pedir más dinero o rescindir el contrato. ¿Qué te parece?

Ferran me miró muy serio y bebió un pequeño sorbo de su tónica. Había escuchado mi explicación sin hacer ningún comentario. Sólo había puesto cara de sorpresa con el detalle del apellido de aquel ejecutivo de la notaría, pero tampoco había dicho nada. Siempre le había gustado escuchar bien todas las explicaciones antes de opinar.

—¿Qué me dices? —repetí.
Él dejó el vaso sobre la mesa.
—Mierda de gallina —declaró muy serio.
Era el último comentario que habría esperado. Tomé nota mentalmente de que algún día tendría que preguntarle qué le pasaba con las gallinas.
—¿Qué quieres decir? —me extrañé.

—Lo que dice mi abuela: que nadie da duros a cuatro pesetas.

—No te entiendo —insistí, aunque intuía perfectamente dónde quería ir a parar.

—Los duros eran unas monedas antiguas que valían cinco pesetas. Y las pesetas...

—¡Eso ya lo sé, animal! —le interrumpí riendo.

Sorbió un poco más de tónica, muy serio.

—Quiero decir que no entiendo qué interés puede tener para ti un montón de ricachones que están en la otra punta del mundo y que se dedican a un negocio tan extraño. Y no entiendo tampoco cómo te han localizado y cómo saben tantas cosas de ti.

—¡Es su trabajo! Y ya te he explicado que tienen la manía de buscar descendientes de personajes históricos...

—¿Firmarás el contrato? —me preguntó con cierta brusquedad.

—¡Por supuesto! Ya te he dicho que no me puede perjudicar en nada y...

—Siempre hay una manera de que te perjudiquen —me cortó Ferran—. Especialmente, cuando los demás son ricos y viven en un país poderoso. Siempre hay una trampa, una falsa cláusula, algo sucio...

—¡Mira que tienes el día pesimista! ¿Qué interés podría tener alguien en...?

—¿Firmarás? —insistió Ferran.

Yo tenía muy claro que firmaría. Pero, al mismo tiempo, comprendía las dudas de Ferran. Y como siempre que me llevaba la contraria, le estaba agradecido por ello.

* * *

Aquella tarde, Ferran llegó a su casa bastante preocupado y vagamente irritado. Nunca había sido una persona demasiado sociable y le gustaba que le dejasen solo con sus cosas. Pero quizá precisamente por eso, se sentía comprometido con los pocos amigos que tenía, y había pocas cosas que le angustiasen más que la posibilidad de fallarles.

Apreciaba mucho a Edgar, lo cual no significaba que su amigo le sacase de quicio con frecuencia. Le costaba entender que un chico con tantas cualidades pudiese estar al mismo tiempo tan extraordinariamente dominado por su madre y se hubiese dejado inculcar aquella absurda doctrina del triunfo y la competitividad, que seguía ciegamente y de la que no se cuestionaba ningún detalle.

La conversación que habían tenido aquella tarde, sin ir más lejos, había acabado por hacerle enfadar. Cualquier persona con dos dedos de frente habría desconfiado desde el primer momento de aquella estrafalaria historia de la sociedad genealógica norteamericana que buscaba como corresponsales descendientes de personajes notorios de la época de la colonización. Aquello era, como mínimo, extraño, y lo más normal habría sido querer hablar directamente con algún representante de la denominada Sociedad Clairbone y no simplemente con sus intermediarios. Porque Borau Miret, a pesar de su supuesto renombre, su aspecto imponente y sus oficinas en la zona más cara de la ciudad, no era más que eso: un intermediario pagado por las personas realmente importantes de aquel asunto.

Naturalmente Edgar y su madre, que actuaban —como siempre en estos casos— igual que una sola persona, no querían ver nada de todo aquello. Ellos sólo veían la posibilidad de un trabajo cómodo en una empresa americana, con el dinero y el prestigio que aquello podía comportar, y quién sabe si como un primer paso hacia un brillante futuro. Parecían deslumbrados con el contrato, con la visita a la notaría e incluso con el hecho de haber compartido la sala de espera con aquel hombre de negocios de aspecto elegante. Los posibles problemas y las explicaciones poco sólidas, los numerosos puntos oscuros de todo ello no entraban en sus planes. Y, por lo tanto, sencillamente los ignoraban.

—Tendré que echarle una mano —murmuró mientras entraba en su habitación—. Si al final él tiene razón y no le hace falta, mejor. Pero si no...

Se sentó delante de su mesa de trabajo y encendió el ordenador. Un lápiz y un cuaderno de notas a mano. De momento no necesitaba nada más.

El espacio de trabajo de Ferran era la negación misma del tópico de la mesa de un *hacker* de película: nada de montones de disquetes, compactos y discos ópticos en equilibrio inestable. Nada de cables colgando en todas las direcciones. Nada de revistas informáticas cubriendo la mesa, ni ropa sucia por el suelo, ni una cama deshecha en un rincón, y aún menos de papeleras llenas de cajas con pizzas a medio comer. Al contrario, la mesa de Ferran era de una pulcritud extrema, con apenas lo imprescindible a mano, los periféricos del ordenador colocados de tal manera que ocupasen el mínimo espacio posible, un bloc de notas y una lámpara de mesa. En general, toda la habitación también estaba arreglada, con la cama impecablemente hecha, sábanas y edredón bien estirados y la ropa dentro de los armarios. Una estantería con los libros del Instituto y una mesita de noche completaban el mobiliario. También la decoración era de una gran sobriedad y la única referencia que había de las aficiones del chico eran dos pósters mostrando las imágenes de un héroe salido del mundo del cine y otro de los videojuegos: Neo y Jack O'Hara.

Sobre el monitor del ordenador, una pequeña referencia a lo que se había convertido, gracias a su amistad con Edgar, en su universo mítico: una bandera pirata con una calavera sobre dos sables de abordaje cruzados, una imagen bajada de Internet que, como su amigo le había explicado, correspondía al pabellón del *Adventure*, la nave de John Rackhan, conocido también con los sobrenombres de Calicó Jack y Rackhan el Rojo, un pirata que, en la vida real, no tuvo ni el honor de ser derrotado por el valiente caballero Francisco de Hadoque.

Cuando se movía por los universos virtuales, Ferran huía también de cualquier tipo de desorden. No dejaba nada al azar y era tan insistente como sistemático. Aquella falta absoluta de concesiones a lo que él denominaba «el folclore de la informática» lo convertían en un *hacker* enormemente eficaz y en una seria amenaza para cualquier sistema de seguridad que se cruzase en su camino.

Ferran abrió el cuaderno de notas y, dirigiéndose a

las luces parpadeantes del módem, dijo en un tono divertido:

—De entrada, una visita de lo más normal a la Sociedad Clairbone. Inofensiva y de buen rollo. De momento...

Y empezó a navegar.

4. *Edward Teach, Barbanegra*

Al cabo de dos días firmé el contrato y me convertí en colaborador de la Sociedad Clairbone. A los datos que ya tenían de mí en la notaría, tuve que añadir el número de una cuenta bancaria para que me ingresasen la nómina, así como el número de teléfono de mi casa y una dirección de correo electrónico que utilizarían para ponerse en contacto conmigo siempre que fuese necesario.

Al principio creí —o sería más correcto decir que temí— que enseguida me llegaría un alud de encargos e instrucciones. Pero no fue así. Aquella misma noche me llegó una breve nota de agradecimiento y bienvenida que me recordaba que, antes de empezar a trabajar seriamente para la Sociedad, tendría que seguir un breve curso en el que aprendería dónde ir a buscar los datos que me pudiesen solicitar.

Después de esto, pasé una semana entera sin recibir más noticias, hasta que me llegó un correo convocándome para el curso de formación: tres horas seguidas de clase, con prácticas incluidas, que me daría un bibliotecario en una pequeña aula alquilada en un centro cívico. Tres días después, en el mismo lugar, el profesor me haría un examen para comprobar que estaba capacitado para el trabajo. El correo me remitía a una de las cláusulas del contrato que especificaba que, en caso de suspender el examen, se me daría otra oportunidad. Un nuevo suspenso supondría mi despido..., después, eso sí, de cobrar la primera mensualidad.

El cursillo no tuvo demasiada miga: en una sala de paredes desnudas de un centro cívico a medio terminar, un hombre de aire aburrido, pero con muchas ganas de hacerlo bien, me bombardeó durante tres horas con datos, técnicas, direcciones y consejos de todo tipo, mientras yo tomaba apuntes como un desesperado e intentaba no perder el hilo. Tres días después fui a hacer la prueba con la conciencia de que aquella era la primera vez en mi vida que me jugaba algo serio en un examen.

Fue una prueba práctica, complicada y que se me hizo tan larga como el dichoso cursillo. Al terminar, el profesor la corrigió allí mismo, comentándome uno por uno los errores que había cometido; unos errores que, en cualquier caso, no eran ni muy numerosos ni demasiado graves. Aprobé el examen e incluso el profesor me felicitó porque lo había hecho especialmente bien. Me dijo que en unos días recibiría mi acreditación como informador de la Sociedad Clairbone y se despidió como alguien que tiene muchas cosas urgentes por hacer.

Yo, en cambio, no tenía nada más que hacer aquel

día y salí del centro cívico con las manos en los bolsillos, silbando tranquilamente, con la sensación de que la vida me sonreía.

No había avanzado ni cincuenta metros cuando una voz de hombre, con un marcado acento extranjero, me llamó como nadie me había llamado nunca por la calle.

—¡Eh, Olonés!

Me di la vuelta como impulsado por un resorte. El hombre de negocios con el que había coincidido en la sala de la notaría avanzaba hacia mí a grandes zancadas, con una actitud seria, pero vagamente divertida, como si le hiciese gracia mi evidente cara de sorpresa.

—¡Se ha dado la vuelta! —me soltó, con un inconfundible acento norteamericano, cuando llegó a mi altura—. Por lo tanto, lo del apellido no es casualidad: ¡se llama Nau porque es descendiente del Olonés!

No sé qué me extrañó más, si aquel extraño inicio de conversación o el hecho de que me estuviese tratando de usted.

—Edgar Nau —me presenté, alargando la mano—. Y sospecho que su apellido tampoco es casualidad.

—Warren Teach —se presentó él, mientras me daba la mano—. T-E-A-C-H —deletreó—. Y sí, soy descendiente directo de Edward Teach, más conocido como... —hizo una pausa llena de intención y yo, aunque empezaba a estar cansado de que todo el mundo me probase, no pude resistirme a completar la frase.

—*Blackbeard*. El pirata Barbanegra.

—Lo que significa —continuó él— que tanto usted como yo no sólo somos descendientes directos de piratas famosos, sino que además tenemos en común el hecho de ser razonablemente expertos en la historia de la piratería... —lanzó una rápida ojeada a lo largo de la calle hasta que sus ojos se detuvieron en la terraza de un bar—. ¿Puedo invitarle a un café? —preguntó en un tono que no ofrecía la posibilidad de una negativa.

Unos momentos después estábamos sentados frente a frente en la terraza, después de haber pedido un par de cortados, y Teach reemprendía el hilo de la conversación.

—Claro que tenemos otras cosas en común. Supongo que los dos habíamos ido a aquella notaría a hacer lo mismo y supongo que usted ha venido a hacer aquí esta tarde lo mismo que yo he venido a hacer esta mañana.

—¿También es informador de la Sociedad Clairbone? —me interesé.

—Claro. ¿Ha aprobado el examen?

Asentí con la cabeza.

—¿Ha vuelto aquí por la tarde para hablar conmigo? —pregunté.

—¡Por supuesto! —repuso él con un tono vagamente irritado, como si mis preguntas, de tan obvias, le molestasen—. Soy de Mobile, Alabama. Hace cuatro años que vivo en Barcelona, hago la vida social mínima a la que me obliga mi trabajo, no tengo familia aquí ni prácticamente allí. Puede decirse que, aparte del trabajo, la única afición que tengo es salir a navegar de cuando en cuando en mi velero. Y, ahora, de golpe y porrazo, aparece una empresa de mi país que, aparentemente, lo sabe todo sobre mí y me ofrece un trabajo rarísimo. Y no sólo eso, sino que me contrata sin que llegue a tener contacto directo con nadie de la empresa: el notario era un simple intermediario y el profesor que hemos tenido había sido contratado exclusivamente para dar estas clases. Todo contacto se hace a través del correo electrónico, con lo cual no tengo ni una voz que pueda reconocer. En el contrato, por supuesto, figura una sede social de Nueva Orleans, pero eso tampoco significa nada. Usted, señor Nau, es mi único contacto de carne y hueso..., aunque vaya tan perdido como yo.

—Si lo ve tan poco claro, ¿por qué ha firmado el contrato? —casi le interrumpí.

Teach se encogió de hombros.

—Curiosidad, supongo. No arriesgo nada.

—Yo sí —le corté.

Su gesto interrogativo me animó a continuar:

—Esto es lo más parecido a un trabajo que me han ofrecido nunca. Y además en una empresa que parece seria. No quiero perder una oportunidad como ésta por culpa de dudar demasiado o de buscarle demasiados inconvenientes. Usted ya tiene trabajo y supongo que un buen sueldo, pero yo no.

Él asintió muy serio.

—Si yo tuviese su edad, Nau, seguramente pensaría exactamente igual. No quiero molestarle con mis dudas ni adoptar una actitud de veterano desengañado —se llevó una mano al bolsillo de la americana y sacó una tarjeta de visita, que me ofreció—. Si alguna vez tiene alguna cuestión o algún problema o hay algo que no ve claro, no dude en llamarme y hablaremos de ello. El teléfono es el de mi departamento. Mi secretaria tendrá instrucciones para pasarme inmediatamente cualquier llamada del Olonés.

Lancé una rápida ojeada a la tarjeta y alcé las cejas sorprendido. Según aquella cartulina, Warren Teach, economista, era Adjunto a Dirección del Departamento de Opciones y Futuros de una importante sociedad de inversiones norteamericana. No se podía decir que el descendiente de Barbanegra fuese un cualquiera.

—¿Tenemos otra cosa en común, sabe? —dije mientras guardaba la tarjeta en mi cartera—. El mar. A usted le gusta navegar y yo quiero estudiar Náutica.

Él apuntó una sonrisa, al tiempo que llamaba al camarero para pagar los cortados.

—La próxima conversación pues, a bordo de mi barco. Puede darlo por hecho.

Nos despedimos cordialmente, aunque me alejé por la calle con la total convicción de que no le volvería a ver más.

* * *

Barbanegra es un personaje que llama la atención por su desmesura, incluso en un contexto como el de la piratería, tan rico en individuos pintorescos.

Su historia, sin embargo, no tiene nada de extraordinario. Se llamaba Edward Drummond, y nació en Bristol hacia 1680. Inició su carrera al servicio de Inglaterra, gobernada entonces por la reina Ana Stuart, como corsario contra los franceses, con base en Jamaica. Al viajar a América, se cambió el nombre por el de Teach. Cuando la guerra terminó, en 1713, Teach se enroló en una tripulación pirata. Cuatro años después, su intervención fue decisiva en la captura del barco francés *Concorde*. Como recompensa, recibió el mando de la nave capturada.

Teach rebautizó el velero con el nombre de *Queen Anne's Revenge* y se dedicó a la piratería desde el Caribe hasta Nueva Inglaterra. En su momento de máximo esplendor, llegó a estar al mando de una flota de cuatro barcos con unos trescientos hombres.

Sus aventuras terminaron el 22 de noviembre de 1718, cuando el cazador de piratas Robert Maynard, enviado por la Armada británica, le derrotó en una batalla naval. Barbanegra murió en combate.

Pero lo que convierte a Barbanegra en un personaje fuera de lo común es que supo comprender como ningún otro pirata que su principal arma no eran los cañones y las pistolas, sino el miedo que inspiraba en sus víctimas. Consciente de esto, dedicó grandes esfuerzos a crearse una fama de hombre terrible y sanguinario que hiciese que las presas se rindiesen inmediatamente al ver su bandera.

Edward Teach era un hombre muy alto y extraordinariamente corpulento, con una espesa barba negra que le llegaba al pecho. Antes de entrar en combate, tenía la costumbre de hacerse un montón de trenzas en la barba, sujetas con cintas de colores. Después, ataba mechas de cañón a las trenzas y las encendía. No es difícil imaginar la reacción de los pobres marineros de los mercantes cuando veían a aquel coloso barbu-

do rodeado de un halo de humo y con una verdadera panoplia de sables, puñales y pistolas colgando del cinturón saltando a la cubierta de su barco. Daba tanto miedo que muchos historiadores aseguran que él y su tripulación sólo tuvieron que combatir de veras en contadas ocasiones. Algunos incluso llegan al extremo de asegurar que, hasta el día de su combate con Maynard, Barbanegra no había matado a nadie, pero esto, evidentemente, cuesta de creer.

Uno de los juegos preferidos de Teach cuando tenía invitados a cenar era apagar las luces y disparar un tiro de pistola al azar. Naturalmente, el suyo no era el único tiro que se disparaba, sino que eran muchos los invitados que aprovechaban la ocasión para intentar matarlo a él o para pasar cuentas con alguno de los presentes. Cuando se encendían las luces, normalmente había una buena cantidad de cuerpos tendidos, pero él nunca salió herido de aquel juego.

La muerte de Barbanegra estuvo en consonancia con su vida. Cuando el *HMS Pearl*, la nave de Maynard, le atacó, sólo había a bordo dieciocho piratas, todos tan borrachos como él. Luchando hasta el último momento, mató o hirió a treinta y cuatro enemigos y acabó muriendo a resultas de veinticinco heridas. Su cabeza pasó a adornar el bauprés del *Pearl,* como advertencia a los marineros que tuviesen la tentación de dedicarse a la piratería..., y como demostración de que los cazadores de piratas no eran mucho más elegantes que sus presas.

* * *

La página de Internet de la Sociedad Clairbone no ofreció a Ferran ninguna información que no conociese ya a través de Edgar. En realidad, de información contenía muy poca, a excepción de una dirección —que coincidía con la que figuraba en el contrato de su amigo— y un par de números de teléfono y direcciones electrónicas de contacto para posibles clientes. Ferran no pudo encontrar en ninguna parte un organigrama de la empresa ni una explicación detallada de su funcionamiento interno. En cambio, halló fácilmente un listado de precios que le hizo comprender que los servicios de Clairbone no eran ni mucho menos baratos.

En el transcurso de aquella primera visita Ferran se comportó como un inofensivo internauta buscando información. Lo máximo que hizo fue pedir a su sistema que trazase una ruta hacia su servidor, lo que le demostró que, efectivamente, estaba en Nueva Orleans.

Después de aquella primera indagación se retiró, como hacía siempre en estos casos, para que nadie pudiera sospechar nada. Sabía que, al cabo de pocos días, sus dedos electrónicos empezarían a tantear las defensas de aquel lejano servidor de Nueva Orleans, y que, si todo iba como tenía que ir, entraría en él.

Y entonces confiaba en empezar a descubrir cosas.

5. *Archivos y hemerotecas*

Pocos días después de mi examen y de la extraña conversación con Warren Teach, recibí en casa, por correo, el carné que me acreditaba como informador de la Sociedad Clairbone, acompañado de una nota de felicitación y ánimos. Pasaron un par de días y me llegó por correo electrónico el primer encargo: localizar las esquelas de una persona muerta en Barcelona hacia el año 1911 en los periódicos de la época.

Tengo que reconocer que, cuando fui a consultar la hemeroteca del Archivo Histórico de la ciudad, no las tenía todas conmigo: a pesar de todo lo que me habían dicho, pensaba que un lugar como aquél tenía que estar reservado a los especialistas, y que un estudiante de Secundaria, que además tenía la piel un poco más oscura que la media de la población, no podría ni pasar de la puerta.

Acerté a medias. La primera persona con quien hablé me trató con educación, pero también con una mezcla de condescendencia e irritación, como si quisiera dejarme claro, sin decirlo, que aquél no era lugar para ir a hacer trabajos escolares. Enseguida me pidió si tenía «algún carné», seguramente pensando que lo más parecido a una acreditación oficial que podría enseñarle sería el carné del videoclub. Entonces yo saqué mi carné de la Sociedad Clairbone mientras, mentalmente, empezaba a redactar el correo electrónico en el que informaría de mi fracaso.

No fue preciso. Cinco minutos después de haber enseñado el carné, tenía una mesa para mí solo en una cómoda sala de consulta y un bibliotecario dispuesto a proporcionarme todas las colecciones que me hiciesen falta y a ayudarme en todas las dudas que me pudiesen surgir.

Este cambio de actitud me sorprendió las dos o tres primeras veces. Después me acostumbré al hecho de que la acreditación de la Sociedad Clairbone me abriese instantáneamente todas las puertas e hiciese que todo el mundo se mostrase con ganas de ayudarme en mis indagaciones. Era como si todos los archiveros y bibliotecarios conociesen la Sociedad y respctasen a sus colaboradores sin reparar en su edad, su aspecto o su forma de vestir. Hubo más de uno que llegó a tratarme de usted, como había hecho Teach, y aquello me pareció, en aquel contexto, perfectamente natural.

Así fue cómo, poco a poco, me fui acostumbrando al peculiar ambiente de los archivos y las hemerotecas. Me acostumbré y empecé a tomarle gusto. Diría, aunque tenga miedo de pasar por soñador, que aprendí a encontrar una magia especial en aquellas salas, tanto las más modernas y funcionales como las más antiguas, con muebles macizos de madera y luz oblicua en la que flotaban suspendidas motas de polvo. Los bibliotecarios —no podía evitarlo— me parecían poseedores de secretos sorprendentes, que tal vez podrían poner patas arriba nuestra visión habitual de la Historia. Miraba aquellos catálogos interminables, aquellos cajones llenos de fichas, aquellas hileras sin fin de archivadores y cartapacios, y pensaba que la persona que fuese capaz de asimilar toda la información que contenían podría llegar a reescribir de nuevo y de cabo a rabo toda la historia reciente del país. Una historia que ya no estaría hecha de las vacías palabras de los políticos, los gestos excesivos de los reyes o las pomposas matanzas de los militares, sino del barro más humilde de las partidas de nacimiento, las actas de defunción, los títulos de propiedad, los contratos mercantiles, las patentes, las marcas, las compraventas, los horarios de los trenes. Una historia más cercana a las personas, más auténtica, más viva, y que no siempre veía la luz.

Tenía la sensación de avanzar a tientas entre una nube de polvo fosforescente, deteniéndome aquí y allí para examinar una mota, al tiempo que apartaba el resto como un simple estorbo. Mis ojos y mi cuaderno de notas hacían resucitar por un instante el recuerdo perdido de una persona bajo la forma del documento que acreditaba su nacimiento, defunción, boda, enriquecimiento, ruina o la emigración a tierras lejanas. Después, yo me iba y aquel fantasma de papel y polvo regresaba a su tumba de olvido. ¿Regresaba allí para siempre? ¿Volvería alguien a fijar su atención sobre aquellas líneas que daban testimonio de la existencia de una persona —de una persona con sus vicios y virtudes, sus fortalezas y sus lacras, sus ambiciones y sus humillaciones— muerta y enterrada hacía décadas? ¿Y los otros nombres que compartían página con ella? ¿Alguien los invocaría alguna vez para hacerlos regresar de las profundidades de su limbo sin memoria? Aquellos tenderos del barrio de Marina, aquellos pescadores de Malgrat, aquellos artesanos de Vic que iban llenando las hojas de mi cuaderno tenían al menos un descendiente en el otro extremo del mundo que se preocupaba por enviar a alguien a rastrear sus vidas. Pero, ¿y los demás? ¿Quiénes habían sido, qué había sido de ellos? Quizá ante mis ojos habían desfilado los nombres desconocidos de inventores geniales sin suerte, de artistas olvidados, estudiosos sin fortuna o pobres soldados analfabetos, mal armados y calzados con alpargatas, muertos en circunstancias heroicas en los bosques de Filipinas, en Cuba, en el Gurugú… Tal vez algunos de ellos habían muerto con la esperanza de que la posteridad los reconocería. Pero seguramente eso no sucedería nunca, y cada vez que mis ojos no se detenían en una página era como una oportunidad perdida. Perdida para mí, perdida para un fantasma del pasado.

Enseguida me acostumbré a aquel trabajo que, al fin y al cabo, sólo me ocupaba tres o cuatro tardes al mes. Tomaba nota de mis descubrimientos, los comunicaba por correo electrónico y esperaba el siguiente encargo. Cada fin de mes recibía puntualmente el dinero de la mensualidad, al cual se añadían las dietas por los desplazamientos que hubiese tenido que hacer y el plus por los encargos que hubiese realizado.

Si me comparaba con otros compañeros del Instituto que trabajaban, me daba cuenta de que tenía mucha suerte. Mi trabajo me ocupaba muy poco tiempo, estaba muy bien pagado, y además me resultaba cada vez más interesante. En realidad, sólo Ferran tenía un trabajo que se podía considerar mejor que el mío y con más posibilidades de ganar dinero con él, pero él se empeñaba en no considerarlo un trabajo y en jugar con su futuro de aquella forma incomprensible.

Y ya que hablo de Ferran, tendré que explicar también, aunque me dé un poco de vergüenza reconocerlo, que a lo largo de aquellos meses nos distanciamos un poco. Yo estaba tan satisfecho de mis trabajos de investigación para la Sociedad, que no quería escuchar nada que se pareciese a una duda. Era la primera vez que tenía la impresión de que me estaba viniendo todo de cara y reaccionaba con hostilidad ante lo que me parecían intentos de romperme aquella ilusión.

Ferran, sin embargo, no se daba por vencido. Incluso había entrado en los ordenadores de la Sociedad Clairbone («sin tocar nada», me aseguró) para indagar por su cuenta. De estas indagaciones dedujo que la gente de la Sociedad me estaba escondiendo algo y que había muchas cosas que no me habían explicado o no lo habían hecho con suficiente claridad.

—Por ejemplo —me dijo un día, cuando regresábamos a casa paseando, a la salida del Instituto, bajo un desagradable viento de otoño—, no te han explicado cuál es su principal fuente de ingresos.

—Sí que lo han hecho —repliqué yo, que no tenía en absoluto ganas de discutir.

—No, no lo han hecho. Te han hablado de todos los servicios que ofrecen..., menos de uno. Y ése es precisamente el más caro.

—¿Y cuál es ese servicio, según tú? —pregunté en tono cansado.

—En inglés tiene un nombre muy pomposo, pero es algo así como «antepasados a la carta».

Mi resoplido debería haberle hecho entender que nunca había escuchado nada tan ridículo. Pero a Ferran no era fácil desanimarle.

—¡Veo que nunca habías oído hablar de ello! Pues es el servicio más caro que tienen. Carísimo. Y por lo que me ha parecido entender, sólo se lo ofrecen a los mejores clientes.

—Cómo quieres que te hagan antepasados a la carta... Los antepasados son lo que son y tienes los que tienes. No se pueden fabricar.

—¡Si se buscan los datos que faltan, sí!

Ferran estaba animadísimo. Ahora ya no habría ninguna fuerza humana capaz de hacerle callar y opté por entrar en un bar. Al menos escucharía lo que tuviese que decirme sin necesidad de helarme.

—¡Antepasados a la carta! —repetí con tono despectivo cuando estuvimos sentados a una mesa, ante dos batidos de cacao calientes.

Ferran asintió lentamente. Parecía que estuviese buscando la mejor manera de explicármelo.

—A ver... —empezó—. ¿Tú sabes, por ejemplo, a qué se dedicaban profesionalmente tus bisabuelos?

—Y cómo quieres que lo sepa —me enfadé yo.

Cuando Ferran, además de escéptico se pone misterioso, no hay quién le aguante.

—Pues, si no lo sabes, podría ser perfectamente que uno de ellos hubiese sido un personaje destacado. Y fíjate en que digo destacado, no ilustre ni famoso.

Ahora fui yo quien asintió con la cabeza. Ya no me sentía irritado, sino francamente intrigado, porque veía hacia dónde quería ir a parar Ferran, pero aún no acababa de comprenderlo del todo.

—Entiendo... —tuve que decir, conteniendo una disculpa por mi comportamiento de un instante antes—. Si la sociedad investiga tan a fondo, pueden descubrirte algún antepasado notable del cual ni siquiera habías oído hablar. En cambio, es difícil que te descubran un antepasado famoso, porque la gente que tiene alguno por lo general lo sabe.

—Así es. Por ello no te fijes en los famosos sino en los destacados. Ésos son los que más interesan a tu Sociedad.

—¿Por qué? ¿Cobran un suplemento por cada personalidad localizada?

No pude evitar devolver la ironía. Por el contrario, Ferran estaba de lo más serio.

—No del todo. Eres tú quien pides que los busquen. Por eso te he dicho que son a la carta.

No estaba mal, pero con aquello volvíamos a mi primera pregunta: no entendía por qué hablar de antepasados a la carta si los antepasados son los que son y no se podían inventar.

—No se pueden inventar, pero se pueden buscar

—me corrigió Ferran—. Rastrear todo un árbol genealógico buscando cualquier tipo de antepasado destacable podría ser un trabajo enorme..., sobre todo si el árbol te remonta a muchas generaciones atrás. Vale más partir de una pista, de una referencia que nos indique qué antepasados es preciso investigar y cuáles no. Naturalmente, cuanto más retrocedamos en el tiempo, más posibilidades tendremos de encontrar alguno. ¿Me sigues?

Le seguía. Y empezaba a encontrar lógico todo lo que decía. Extraño, pero lógico.

—Veamos si te he entendido —dije, cada vez más interesado—. Un buen cliente puede pedir que, además de hacerle un árbol genealógico, investiguen si alguno de sus antepasados destacó en un campo concreto. No es posible investigar si hay un personaje destacado en cualquier campo, precisamente porque el término *destacar* es impreciso y lo mismo que puede parecer muy importante a una persona, puede parecerle una tontería a otra.

Ferran estaba a punto de aplaudir. Hasta cierto punto, me hizo ilusión que volviésemos a estar de acuerdo en algo.

—Lo has entendido perfectamente. Un cliente querrá buscar entre sus antepasados a un hombre de negocios, otro querrá buscar a un militar o a un científico o a un poeta o a un político..., y la Sociedad, al mismo tiempo que investiga la historia de la familia, irá buscando a todos los que se hayan dedicado a la actividad que sea.

—Pero, ¿y si no hay ninguno?

Antes de responder, Ferran, metódico como siempre, se sacó del bolsillo interior de la chaqueta un pequeño cuaderno de notas y lo abrió sobre la mesa.

—He hecho cuatro números —dijo—. En principio, podemos suponer que la persona que investigamos tiene dos padres y eso significa cuatro abuelos, ocho bisabuelos, dieciséis tatarabuelos; en la sexta generación serán treinta y dos; en la séptima, sesenta y cuatro; en la octava, ciento ochenta y ocho; en la novena, doscientos cincuenta y seis; y en la décima, quinientos doce. Y aquí nos detenemos.

—¿Y por qué aquí? —pregunté.

—Porque se suele considerar que una generación se corresponde más o menos a un período de veinte años. Si retrocedemos dos generaciones más, nos situamos a principios del siglo XIX, una época en la que los antepasados de la mayoría de los clientes potenciales de la Sociedad Clairbone aún vivían en Europa.

—$G^x = 2^{x-1}$ —formulé yo rápidamente, para que Ferran viese que no me estaba quedando atrás—. Por ejemplo, si retrocedo las dieciséis generaciones que supongo que me separan del Olonés, me encuentro que tengo 2^{15} antepasados.

—Sí, 32.768 —dijo inmediatamente Ferran, después de echar una rápida ojeada a su libreta—. He tenido la curiosidad de calcularlo. Es mucha parentela.

—Mucha, incluso si nos quedamos con los 512. Pero es imposible que puedan localizar a tanta gente. Los archivos se pierden, se destruyen, faltan datos, hay gente que nunca entra en ningún censo...

—Pongamos que tienes mala suerte y sólo puedes

documentar la mitad de esos antepasados —me corrigió Ferran—, continúan siendo 256. Y si sólo pudieses documentar a una cuarta parte, aún te quedarían 128. Sería muy mala suerte que entre 128 personas documentadas no encontrases a una que se hubiese dedicado al campo que le interesa a tu cliente. Y no hace falta que sea una gran personalidad. Claro que, si lo es, aunque sea a pequeña escala, el negocio para la sociedad es redondo.

—¿Redondo? —volvía a no entender nada, y el hecho de haber considerado siempre que Ferran no tenía ni idea de negocios no ayudaba.

—Imagínate: puedes rescatar del olvido a una persona notable, con toda la documentación necesaria, incluso puedes conseguir que se le mencione en alguna enciclopedia o en alguna monografía, aunque sea local..., y todo, claro, pagando. Y estamos hablando de grandes cantidades.

Ferran entonces empezó a explicarme lo que había descubierto sobre las tarifas que la Sociedad Clairbone cobraba a sus clientes. Y, realmente, cuando se llegaba a lo que él había denominado «antepasados a la carta», las cantidades subían de una forma espectacular. No acababa de entender por qué nadie me había hablado de aquel tipo de servicios, pero tampoco me parecía que aquello fuese un motivo para desconfiar.

—¿Que no? —se irritó él, levantando la voz por encima de la musiquilla machacona del televisor del bar—. ¡Acabas de descubrir que dos colaboradores de la Sociedad, contratados a la vez en la misma ciudad, son los dos descendientes directos de piratas del Caribe! ¡Demasiadas casualidades, Edgar, tío!

Yo me terminé el cacao caliente mientras pensaba la respuesta.

—El secretario de la notaría dijo que era una costumbre de la casa que los informadores fuesen descendientes de...

—¡Mierda de gallina! —me cortó Ferran con la voz un poco alta, provocando que un abuelo con boina levantase la vista del *Mundo Deportivo* por primera vez desde que habíamos entrado en el bar—. ¡Demasiadas casualidades! ¿Y si estuviesen haciendo el trabajo al revés? ¿Y si estuviesen creando bases de datos de posibles descendientes agrupados por temas? Y si eso fuese el primer paso de algún tipo de estafa de la cual seríais posibles víctimas...?

A partir de ese instante, tengo que confesar que dejé de escucharle. La Sociedad Clairbone y todo lo que la rodeaba, comenzando por mi trabajo, se apartaban mucho de lo que se puede considerar normal, sí. Pero las teorías de Ferran eran mucho más disparatadas y rocambolescas que la simple realidad.

Tardé mucho tiempo en descubrir que me equivocaba y que Ferran también. Y que la realidad superaba con creces todas aquellas elucubraciones.

Tardé mucho tiempo en volver a tener una conversación tan larga con Ferran.

Tampoco me decidí, en contra de la opinión de mi madre, a ponerme en contacto con Warren Teach. Supongo que, en el fondo, no las tenía todas conmigo. Aceptaba que toda aquella historia no tenía nada de normal y no quería someter mis convicciones a los ataques de otro escéptico que, por lo que me había dicho, veía todo aquello como una especie de juego. Me daba cuenta de que quizá estaba dejando pasar la oportunidad de relacionarme con una persona muy bien situada y que, por alguna razón, parecía confiar en mí. Pero no se puede tener todo en esta vida, aunque todo el mundo lo intente.

Y así estaban las cosas cuando, a principios de febrero, me llegó una segunda carta, ésta directamente desde Nueva Orleans.

* * *

Ferran no habría llegado a ser nunca el *hacker* que era si entre sus virtudes no contase con la paciencia. Cuando se proponía un objetivo, ni el cansancio ni el aburrimiento le hacían desistir. Podía pasarse una noche en vela tanteando las defensas de un ordenador o de un servidor situado en algún punto lejano, explorando sus debilidades, buscando la manera de entrar sin ser detectado, sin hacer saltar las alarmas de los programas *cortafuegos*, dispuesto a retirarse ante cualquier indicio de peligro, sólo para regresar por otra ruta, de otra manera. Y si al final tenía que abandonar, nunca era por simple cansancio, sino porque debía reconocer que el sistema de defensa le había derrotado.

Pero Ferran no sólo era paciente y metódico cuando se movía por la red, sino que sabía serlo también en la vida real. Por ello, en ningún momento había llegado a enfadarse con Edgar, aunque la actitud de su amigo le resultase cada vez más irritante. Claro que la única forma que tendría para convencerle sería demostrarle de alguna manera que las intenciones de la Sociedad Clairbone no eran tan limpias como él creía. Y debía reconocer que no tenía ninguna prueba. Sólo suposiciones. Más de una vez llegó a pensar que, si fuese él quien se encontrase en el lugar de Edgar, con un trabajo cómodo, bien pagado y ninguna queja razonable, tampoco se dejaría convencer por simples suposiciones.

Lo más grave de todo, para él, era que el servidor informático de la Sociedad Clairbone tenía un sistema de seguridad de lo más rudimentario y había podido entrar en él sin ningún tipo de problemas. Aún no había intentado registrar a fondo los ordenadores de las oficinas, porque tenía la esperanza de que podría encontrar algún indicio *hackeando* simplemente la página de Internet. Y tanto la página como el servidor de archivos que llevaba asociado parecían tan vulnerables a su incursión como vacíos de contenidos realmente interesantes.

Entonces, Ferran decidió, como decía él, «ponerse en *stand by*». Detuvo sus indagaciones, aparentó que había dejado a Edgar por imposible y esperó a que pasase algo; que se produjese cualquier cambio. Estaba dispuesto a ir hasta el fondo y convertir su propio ordenador en una terminal de Intranet de la Sociedad Clairbone. Y si todos los sistemas de seguridad de los servidores eran como los que había encontrado hasta ese momento, estaba convencido de que lo conseguiría rápidamente y sin problemas.

Porque, a pesar de las apariencias, continuaba convencido de que detrás de todas aquellas historias de los árboles genealógicos y la búsqueda de antepasados a la carta había alguna cosa mucho más sucia y que estaba moviendo mucho más dinero.

* * *

Cuando mi madre leyó la carta llegada de Nueva Orleans, no pudo contener un grito de alegría. Para ella, aquello era casi un sueño hecho realidad, como la confirmación, si no de mi éxito, sí del hecho de que iba por el buen camino.

La carta empezaba felicitándome por la eficiencia de mi trabajo y asegurándome que los documentos que había localizado y copiado para ellos habían permitido a sus investigadores reconstruir varios árboles genealógicos. Entre todos habíamos conseguido complacer a unos cuantos clientes, algo que tenía que llenarme de satisfacción tanto como a la Sociedad.

Después de eso, me anunciaba que la tercera semana de febrero tendría lugar un encuentro de documentalistas de la zona de Europa del sur, al cual estaba invitado. El encuentro tenía que servir para poner en común nuestras experiencias, pero ésta no era su intención principal; se trataba sobre todo de que tuviésemos la oportunidad de conocernos y de convivir en un ambiente relajado durante unos días. Aparte de las sesiones de trabajo, la Sociedad había preparado una serie de actividades lúdicas que —según decía literalmente la carta— sin duda nos sorprenderían.

El encuentro tendría lugar a partir del 21 de febrero en una casa conocida como La Guette, cerca de la ciudad de Saint-Nazaire, en el departamento francés de Loire-Atlantique. Los participantes llegarían en avión al aeropuerto de Nantes-Atlantique, desde donde un microbús o un taxi los llevaría hasta su destino. Pedían, finalmente, que confirmase mi asistencia por correo electrónico y llamase a la agencia de viajes que se encargaría de reservar los billetes.

En una hoja aparte me habían incluido un listado de los vuelos que me podían llevar de Barcelona a Nantes, dieciséis en total, ninguno de ellos directo. No eran unas combinaciones especialmente buenas, pero alguien se había tomado la molestia de indicarme un par de ellas con rotulador fosforescente, las dos vía Burdeos y con una duración del viaje que no llegaba a tres horas.

—Llama ahora mismo —me dijo enseguida mi madre—. Y empecemos a pensar qué ropa llevarás. Miraremos en las noticias las temperaturas de Francia estos días. Supongo que hará frío...

Y diciendo esto, me miró con cara de preocupación. Imagino que, aunque viese a su hijo como un futuro triunfador en el mundo de los negocios, una madre nunca deja de ser una madre.

Ferran, en cambio, no compartió ni de lejos el entusiasmo de mi madre. Quedamos en el mismo bar de siempre a la mañana siguiente y le enseñé, lleno de orgullo, la carta que, a mi entender, desmentía definitivamente todas sus sospechas.

—Eso es muy americano —dijo, señalándome el primer párrafo con aire de experto—. Primero te dicen que tu trabajo es la cosa más fantástica que hay y, a continuación, te dicen que no vale un escupitajo de gallina, porque no eres nada más que una minúscula parte de un enorme equipo. Eso sí, te lo dicen con tan buenas palabras que encima parece que tengas que ponerte contento. Hay patrones de aquí que también lo hacen. De hecho, hay algunos que lo hacen incluso para despedirte.

Le habría tirado algo a la cabeza, pero me contuve y me limité a preguntar:

—¿Pero qué te parece lo demás?

Él soltó una risita irónica antes de dejar escapar otra de sus expresiones preferidas:

—¡Y ahora dime que las gallinas mean! ¡El resto no hay por dónde cogerlo, Edgar, tío!

Enarqué las cejas interrogativamente mientras sentía cómo la rabia crecía en mi interior, igual que un peso en la boca del corazón y un puñetazo en los riñones. Pero, de nuevo, me contuve.

—Mira, Edgar, no conoces personalmente a nadie de esa empresa. Y cuando digo *personalmente* significa que ni siquiera has hablado por teléfono con alguien. No has tenido ninguna oportunidad de ponerte en contacto con nadie más de los que se supone que hacen tu mismo trabajo, con excepción del tal Teach, que tuvo la curiosidad de indagar un poquito... Y ahora, mira por dónde, de pronto les entran las prisas para que os conozcáis todos. Y para que os conozcáis, no se les ocurre nada mejor que organizar una especie de colonias en la costa atlántica de Francia..., ¡en febrero! No son las fechas ni el lugar más apropiados para pasar unos días agradables, ¿no crees?

—¿Acaso conoces Saint-Nazaire? —le pregunté.

Tuve que hacer un esfuerzo para que mi voz sonase ofendida, pero me temo que sólo sonó confusa. La rabia se había deshinchado en mi interior como una pelota pinchada. Como me pasaba siempre, los argumentos de mi amigo, aunque no quisiera reconocerlo, me habían hecho dudar y me sentía tentado a darle la razón.

Ferran negó con la cabeza.

—No, no lo conozco. Pero me imagino que, en febrero, es un lugar donde si te pones contra el viento se te hielan hasta los calzoncillos y sólo para de llover cuando nieva.

Su descripción me hizo bailar una sonrisa por la comisura de los labios que tuve que esforzarme en reprimir.

—¿Y qué he de hacer, según tú?

Ferran movió la cabeza con un aire grave.

—Tienes que ir. Es tu trabajo y no lo puedes dejar de lado sólo por unas cuantas sospechas. Además, mira, puede servirte para comprobar una cosa: si en esa casa empiezan a presentarse descendientes de piratas, sabrás que mis ideas quizá no van del todo desencaminadas... Sí, tienes que ir, pero tomando tus precauciones. Concretamente dos.

—¿Cuáles?

—La primera, consultar tu correo electrónico siempre que puedas, desde cualquier ordenador que tengas a mano. Recuerda aquella dirección de correo electrónico que abrimos juntos. La utilizaré para comunicarte cualquier cosa que descubra.

—Si es que descubres algo —le corté.

—¿Lo harás? —insistió él.

Moví la cabeza afirmativamente, pero él no tuvo bastante con ello. Me agarró la muñeca con un movimiento rápido y acercó mucho su cara a la mía para decirme, remarcando con fuerza cada palabra:

—Tienes que prometerlo. Siempre que puedas. Desde cualquier ordenador que tengas a mano. Tantas veces como sea posible. Y por mucho que creas que no sirve de nada.

Lo prometí. Si no lo hubiese hecho, no me habría dejado tranquilo.

—¿Y la segunda precaución? —pregunté.

—Habla con aquel yanqui, el descendiente de Barbanegra. Intenta descubrir qué sabe. Si puedes contar con él, no estarás solo.

Le dije que lo haría, pero no me hizo prometerlo. Naturalmente, yo no telefoneé a Warren Teach; no sé hasta qué punto por el simple placer de llevarle la contraria. Aquello del correo electrónico, en cambio, lo había prometido y tanto él como yo sabíamos que lo haría, si podía.

Nos despedimos al cabo de un rato, un tanto fríamente. Ni Ferran ni yo podíamos ni imaginar que su preocupación acabaría salvándome la vida.

6. *La Guette*

Así pues, una fría tarde de febrero, con el sol corriendo a esconderse tras el horizonte, en un cielo medio cubierto por pesadas nubes grises y un viento que mordía la carne a través de la ropa, un taxi de Saint-Nazaire me dejó ante la puerta de aquella casa conocida como La Guette, La Atalaya, una antigua casa de veraneo plantada en lo alto de un acantilado, mirando al Atlántico.

El viaje se me había hecho largo y pesado. Tenía demasiadas ganas de llegar, la cabeza demasiado llena de preguntas y dudas, y el tiempo no contribuyó en absoluto a hacer el trayecto agradable.

Durante la escala de Burdeos, mientras esperaba el vuelo de Nantes, entré un momento en un cibercafé del aeropuerto para conectarme al correo electrónico que había abierto hacía tiempo con Ferran. Sólo encontré un mensaje:

«Lo sabía. Sabía que cuando prometes una cosa la cumples. Pásatelo bien. Estoy seguro de que no has hablado con Teach.»

Ferran

Apenas unos días antes, aquel mensaje me habría parecido una tomadura de pelo y me habría molestado. Ahora, en cambio, me proporcionaba una agradable sensación: no estaba solo. Ferran estaba recorriendo caminos virtuales, persiguiendo algo que ni existía ni había existido nunca, pero lo hacía para ayudarme, y esto siempre es de agradecer.

Su afirmación sobre Teach me había hecho gracia. Ferran me conocía mejor de lo que yo creía y no le había podido engañar: sabía que sólo había mirado el correo electrónico porque le había prometido que lo haría y que no hablaría con Teach porque no me había comprometido a hacerlo.

Poco después, mientras caminaba por el *finger* de la terminal hacia el avión de Air France que me llevaría a mi destino, me pregunté por qué no lo había hecho, en realidad. ¿De veras no había llamado a Warren Teach para llevarle la contraria a Ferran? ¿O había algún motivo más sólido?

Seguramente no había sido por un motivo único. El hecho de llevarle la contraria a Ferran era uno de ellos, por supuesto. Al ponerme en camino de aquella manera, sin hacer demasiadas preguntas, demostraba que no tenía miedo, que no desconfiaba, que no daba ninguna importancia a los temores de mi amigo. Claro que también mi madre me había aconsejado que hablase con Warren Teach, y a ella no tenía ninguna necesidad ni ganas de demostrarle nada.

Creo que si no había hablado con Teach era porque, en el fondo, el personaje me imponía. Warren Teach, con su importante cargo, con su aspecto de haber nacido para triunfar, con su seguridad en sí mismo, con su aire de hombre a quien nada puede sorprender, que lo tiene todo controlado y solucionado, y que hasta se puede meter en un asunto que no ve claro simplemente por diversión, se parecía demasiado a la imagen que yo tenía de lo que quería llegar a ser algún día. Delante de él me sentía como un niño pequeño, como el aprendiz ante el maestro, dominado por una vaga admiración que me resultaba, en el fondo, de lo más molesta. Quería llegar al encuentro de Saint-Nazaire como una persona independiente, e imaginaba que, si hablaba antes con él, había muchas posibilidades de que llegase allí simplemente como su sombra. Además, tanto si Ferran tenía razón en sus suposiciones como si no la tenía, lo más probable era que terminase coincidiendo con el americano: si La Guette resultaba estar llena de descendientes de piratas, porque él lo era; y si se trataba sencillamente del encuentro de colaboradores del que hablaba la carta, pues también.

Mientras el avión se elevaba y la megafonía repetía la recomendación de no desabrocharse el cinturón de seguridad a lo largo del vuelo, me sorprendí a mí mismo preguntándome qué haría si realmente empezaban a presentarse a la reunión un montón de descendientes de piratas. ¿Callar y esperar los acontecimientos? ¿Empezar a contar a todo el mundo mi teoría de una posible conspiración o una posible estafa? Intentar hablar en privado con Warren Teach a solas si es que estaba allí?

Y aún me sorprendí más a mí mismo, en el momento en que el avión aterrizaba en Nantes después de un vuelo que me había hecho compadecer a los viajeros susceptibles al mareo, cuando me percaté de que estaba casi convencido de que en el encuentro habría más descendientes de piratas y de que sólo me preguntaba qué apellidos tendrían. ¿Morgan? ¿Kidd? ¿Laffite?

Cuando traspasé la puerta de llegadas, con mi escaso equipaje en la mano, vi enseguida, entre las pocas personas que esperaban a los pasajeros, a un hombre alto que levantaba una hoja de papel con mi nombre. Me identifiqué y él me cogió la bolsa con un gesto de saludo. Era el taxista que tenía que llevarme hasta La Guette.

Mientras el taxi rodaba por la autovía, bajo el cielo de plomo del Atlántico, con una insoportable canción de pop francés llena de rimas fáciles sonando en sordina en la radio, el taxista me explicó que había recibido el encargo de darme la llave de la casa, ya que, al parecer, yo era el primero en llegar al encuentro y aún no había nadie esperándome. Eso, naturalmente, me extrañó. ¿Habría surgido algún imprevisto? ¿O se trataba sencillamente de alguna de las «sorpresas» que anunciaba la carta? En cualquier caso, un comportamiento tan informal me parecía impropio de la seriedad que había demostrado hasta entonces la Sociedad Clairbone.

El taxi llegó a Saint-Nazaire, atravesó la ciudad y continuó por la carretera nacional que seguía la línea de la costa, hasta desviarse por una carretera local estrecha, que corría entre prados verdísimos, rodeada con frecuencia por vallas de arbustos que la hacían parecer aún más sombría y estrecha. El mar se intuía cercano y estaba seguro de que, si bajaba la ventanilla, podría escuchar no muy lejos el choque de los rompientes.

—Ya llegamos —había anunciado el taxista.

La carretera subía ahora por la suave pendiente de una colina cubierta de pastos. Y, entonces, cuando menos me lo esperaba, después de una curva, al otro lado de una valla baja de piedra comida por el moho, apareció la casa.

—Hemos llegado...

El taxista se detuvo ante una puerta metálica que se abría en el muro, una puerta pequeña y oxidada que pedía a gritos una capa de pintura, con una cerradura grande y de aspecto oxidado que insinuaba que saltar la valla tal vez sería más fácil que abrirla.

El taxista y yo bajamos del coche y pronto me encontré con la bolsa de viaje a mis pies y un manojo de llaves en las manos.

A pesar de su aspecto, la cerradura se abrió sin esfuerzo y la puerta giró sobre sus goznes sin hacer ningún ruido. El taxi se alejaba ya por la carretera.

Había llegado a La Guette.

Y estaba solo.

* * *

Aquella tarde Ferran llegó a casa de un humor excelente. Tenía curiosidad de ver si Edgar había leído su mensaje de correo electrónico, aunque estaba convencido de que su amigo cumpliría la promesa y aprovecharía cualquier oportunidad para conectarse. La noche anterior había encontrado distintos lugares donde podía encontrar información sobre la Sociedad Clairbone. En general eran bases de datos empresariales de acceso restringido y de uso exclusivo para profesionales abonados, pero estaba seguro de que no le costaría demasiado saltarse los controles de acceso y echarle una ojeada sin que nadie se diese cuenta.

Entró en la habitación, dejó los libros en su lugar y la chaqueta colgada en el armario, y se sentó ante el ordenador. Después de una rápida ojeada rutinaria para comprobar que todo estaba en su lugar, pulsó el interruptor de la unidad central, esperando la respuesta inmediata de todos los periféricos que anunciaría la puesta en marcha del sistema.

No sucedió nada de eso. El monitor hizo un breve parpadeo antes de quedarse en negro y mostrar un lacónico mensaje que Ferran siempre había estado convencido de que nunca vería: «Fallo general del sistema. Pulse una tecla para continuar.»

Ferran sintió cómo un sudor frío coronaba su frente. Intentó reiniciar, pero el resultado fue el mismo. Tecleó después frenéticamente algunas órdenes, sólo para comprobar que el sistema no encontraba ningún disco duro ni de lectores externos. Después, incluso el teclado dejó de responder.

No era que el sistema tuviese un fallo. Era que no había sistema.

Metódicamente, luchando para no perder los nervios, Ferran fue probando todos los métodos de recuperación de datos, aunque ya imaginaba que no habría nada que hacer.

—Me han engañado como a una gallina —murmuró, y en su boca aquello era como la peor de las palabrotas.

Por primera vez en su carrera de pirata, había caído en el peor de los errores: menospreciar la capacidad de defensa de su víctima. Y mientras él curioseaba los sistemas informáticos de la Sociedad Clairbone, ingenuamente convencido de que se enfrentaba a unos sistemas de seguridad rudimentarios, que podía entrar y salir por donde quisiera, el auténtico sistema, el que se escondía detrás de aquella fachada tan fácilmente *hackeable*, había contraatacado. Y cuando él más convencido estaba de que en aquel servidor de Nueva Orleans no había nadie con suficientes conocimientos informáticos como para plantearle algún problema, alguien de la Sociedad había podido rastrearlo, encontrarlo, infiltrarse en su ordenador esquivando todas las barreras de seguridad, plantarle dentro un virus o un caballo de Troya y retirarse sin ser detectado..., sencillamente porque él creía que era completamente invulnerable.

El ataque había sido devastador y Ferran no tardó en comprobar que su sistema había resultado completamente destruido. Aunque tenía copias de seguridad de todo el contenido de los discos duros, probablemente tardaría días en reconstruirlo todo tal como lo tenía antes y en protegerse con medidas de seguridad más eficaces.

Pero aquello no era ni mucho menos lo más preocupante. Si la vulnerabilidad del sistema de la Sociedad Clairbone había resultado ser un engaño,

¿no podía ser que toda la información que había obtenido *hackeando* o creyendo que lo hacía, fuese también falsa? ¿Qué escondía la Sociedad? ¿Qué habían querido impedir que descubriese, precisamente el día que Edgar había partido? Ahora, mirando la pantalla negra de su ordenador, Ferran estaba más convencido que nunca de que su amigo se hallaba en peligro. Y mientras él no pudiese volver a navegar por la red, mientras no desplegase de nuevo el pabellón negro de *Cuttroath Lewis*, Edgar estaría solo.

Solo ante... ¿Ante qué?

* * *

Al otro lado del pequeño muro, pasada la puertecita, había un jardín menudo y descuidado que obviamente había conocido días mejores y que ahora se ahogaba bajo las malas hierbas que cubrían los parterres. Ninguna planta ornamental había podido sobrevivir a la acción conjunta del viento salobre y el invierno atlántico, con la excepción de algún rosal que, pegado al muro, recuperaba su condición salvaje y alguna planta trepadora que no supe identificar.

Sin embargo, alguien se había preocupado de rastrillar la grava del sendero que conducía hasta la puerta de entrada, un trabajo que no resistiría el próximo vendaval, pero que servía para dar la bienvenida al huésped y que éste no tuviese la sensación de estar acercándose a una casa abandonada.

La Guette seguramente había sido una residencia de veraneo de mediados del siglo XX, de dos plantas, de obra vista, con ventanas cerradas por oscuros postigos de madera, un porche protegiendo la entrada y un techo de pizarra donde apuntaban dos altas chimeneas. Tenía un aire extraño, como una mezcla de palacete y fábrica, que hacía pensar automáticamente en los pequeños lujos de un perezoso verano, ganados después de todo un año de esfuerzos. Si las casas pudiesen tener virtudes morales, aquélla sería el reflejo de una riqueza honesta y esforzada.

Cuando me acerqué a la puerta de entrada, observé que el porche había sido barrido con mucho cuidado y que incluso el latón del picaporte tenía un brillo difícil de obtener tan cerca del mar.

Con las llaves en una mano y la bolsa de viaje colgando a la espalda, hice sonar el timbre de la puerta. En el interior se escuchó un sonido alegre de campanas pero, tal como me esperaba, nadie vino a abrirme. Cogí las llaves y comprobé cómo también aquella puerta cedía a la primera y sin hacer ruido.

—¿Se puede? —pregunté con voz fuerte.

No hubo más respuesta que el silencio, el chillido de una gaviota solitaria y una ráfaga de viento removiendo los arbustos.

Entré y cerré rápidamente la puerta para no permitir que el frío del exterior entrase conmigo. La puerta daba a un recibidor diminuto, con espacio justo para un perchero, un espejo de cuerpo entero y uno de aquellos erizos de madera que se utilizan para quitarse el barro de las botas antes de descalzarse. Seguramente, aquella pieza no servía tanto para dejar los abrigos como para evitar que la puerta de entrada se abriese directamente a las habitaciones interiores.

Dejé la bolsa en el suelo, apreté el interruptor que había visto antes de cerrar y me apresuré a quitarme el abrigo. Al hacerlo, me di cuenta de que la casa estaba caldeada y pensé que era un consuelo descubrir que, aunque me habían dejado solo, alguien se había preocupado de ir allí antes para hacer la limpieza y poner en marcha la calefacción.

Decidí explorar el resto de la casa y dejé la bolsa y el abrigo en el recibidor. Me arreglé un poco el pelo, revisé mi ropa en el espejo y abrí la otra puerta que daba a la pieza contigua.

Por un momento me quedé sin respiración.

La misma mano que se había encargado de hacer la limpieza y calentar la casa se había preocupado de abrir los postigos que cubrían las ventanas y la pobre luz de la tarde invernal iluminaba tanto como podía el espacio de un gran comedor y sala de estar, que debía de ocupar la mayor parte de la planta baja.

Pero lo que me había dejado clavado en el umbral de la puerta no era, por supuesto, la sala amueblada con la sencilla comodidad de otra época —una mesa protegida con un cristal, una vitrina con vasos y copas, tres butacas de escay, sillas pasadas de moda—, sino el espectáculo que ofrecían las tres grandes ventanas que tenía precisamente delante.

No era casualidad que hubiesen puesto a la casa el nombre de La Guette. Desde donde yo estaba, justo a la entrada de la sala principal, las ventanas mostraban un paisaje hecho únicamente de cielo y mar, del gris nebuloso del Atlántico que se confundía con aquel cielo de invierno, crepuscular y nublado.

Me acerqué a la ventana caminando como en un sueño. Así descubrí que la casa se alzaba en lo alto de un acantilado no demasiado alto, quizá una decena de metros, a cuyos pies había una pequeña playa de grava. Un camino estrecho unía la playa y la casa, entre las rocas oscuras donde anidaban las gaviotas.

Todo el resto era mar.

Un mar gris, amenazador, con las olas coronadas por crestas de espuma, que roncaba, bramaba al estrellarse incansablemente contra las rocas. No mucho más lejos, mar y cielo se confundían en una inmensidad gris sin textura ni formas. La tarde amenazaba tempestad y la visibilidad era pobre, pero sin duda, en un día claro, desde allí se debía de dominar una buena extensión de océano. Consulté el reloj e hice una estimación de la posición del sol, que las nubes sólo me dejaban intuir. Si no me equivocaba —y en cuestiones de orientación, no acostumbraba a hacerlo—, la ventana estaba orientada al sur-sudoeste, con lo cual, con buen tiempo se podría vigilar desde allí casi todo el tráfico del puerto de Saint-Nazaire.

Pero al mismo tiempo que La Guette era una atalaya perfecta, podía ser un lugar de lo más discreto: la playa de grava quedaba al fondo de una pequeña ensenada; una nave pequeña fondeada allí difícilmente sería visible desde mar abierto. Era el decorado perfecto para una película de espías o de comandos de la Segunda Guerra Mundial.

Me había quedado un buen rato observando, mirando el mar, pero no había olvidado las necesidades mucho más urgentes del momento. Tenía que comprobar si la casa efectivamente estaba vacía o si mis anfitriones me habían dejado algún tipo de nota o de indicación sobre lo que se suponía que tenía que hacer.

Naturalmente, había una nota, y si no me hubiese precipitado hacia las ventanas la habría visto inmediatamente después de entrar en la casa, ya que la habían dejado, muy visible, sobre la mesa del comedor, dentro de un sobre a mi atención.

Enseguida abrí el sobre, pero su contenido no aclaró demasiado mis dudas. Era una breve nota firmada por un representante de la Sociedad Clairbone cuyo nombre no me decía nada y que, en la práctica, se limitaba a recomendarme que tuviese paciencia.

La Guette, 21 de febrero

Apreciado Sr. Nau:
Una serie de desafortunadas circunstancias nos han llevado a no poder atenderle a su llegada al aeropuerto de Nantes-Atlantique y no poder darle personalmente la bienvenida a esta casa. Por diversos motivos, el resto de los asistentes al encuentro ha tenido que aplazar su llegada, aunque esperamos tenerlos en La Guette esta misma noche o mañana por la mañana. Eso le convierte a usted, por puro azar, en el anfitrión del encuentro. Esperamos que todo vuelva a la normalidad mañana y que el encuentro se pueda celebrar sin más inconvenientes.

Mientras tanto, disponga de la casa a su conveniencia. Encontrará las habitaciones del piso de arriba preparadas para acoger a los huéspedes, con las camas hechas y la calefacción en funcionamiento. En la nevera de la cocina hay preparada una cena fría y todos los alimentos necesarios para mañana.

Esperamos poder saludarle personalmente, así como a los demás asistentes al encuentro, lo más pronto posible.

Le ruego que disculpe la desagradable situación que le deja solo durante las primeras horas en esta casa.
Atentamente.

Neville Banks
Delegado

Era una forma elegante de no decir casi nada y de dejar al mismo tiempo bastante claro lo que ya había podido deducir yo solo: que me habían dejado tirado en una casa solitaria cerca del mar, en febrero, con la cama hecha, calefacción y comida en la nevera, pero ninguna indicación de lo que había ido a hacer allí. Sin embargo, no estaba dispuesto a permitir que la situación me sobrepasase. Decidí que, antes que nada, exploraría el resto del edificio. A continuación, escogería una habitación para instalarme y, finalmente, bajaría a cenar.

La exploración acabó en un santiamén. Aparte de aquella sala principal y el recibidor, en la planta baja sólo había una cocina y un pequeño servicio. Arriba había, además de un baño completo, cuatro habitaciones bastante grandes, amuebladas cada una con dos camas, dos mesillas de noche, una silla y dos armarios, y decoradas con diferentes carteles de promoción turística de la región. Las ventanas de tres de los dormitorios miraban al mar; la del cuarto, al lateral de la casa, justo en el punto en el que el camino que subía de la playa llegaba a la verja del jardín.

El examen de la casa también me llevó a descubrir, con cierta preocupación, que no había teléfono en ninguna parte. Eso me hizo regresar rápidamente al recibidor, para coger el móvil de mi bolsa. Lo encendí y descubrí que la cobertura que había era tan débil que sería casi imposible llamar. Para hacer la prueba, intenté telefonear a mi madre tres veces desde lugares distintos de la casa. No lo conseguí.

Con la desagradable sensación de estar realmente aislado y el recuerdo de que La Guette se encontraba a una buena distancia del pueblo más cercano —una distancia, además, que no pensaba intentar recorrer de noche, con el frío que hacía afuera y las fuertes ráfagas de viento que anunciaban la tempestad—, subí mi equipaje al primer piso y me instalé en una de las habitaciones que daban al mar. Después, cuando las primeras gotas de lluvia empezaban ya a golpear los cristales y el mar rugía con fuerza, cada vez más audible, al romper contra las rocas, bajé a la cocina a cenar.

Tal como me había anunciado la nota, en la nevera me esperaban las bandejas de una cena fría, con canapés y dos o tres tipos de pastel salado. Aunque las emociones del día me habían quitado el apetito, busqué por los armarios un plato y cubiertos: en aquellas circunstancias, me sentía predispuesto a vivir cada aspecto de aquella situación, empezando por aquella cena fría y solitaria, como si fuese una prueba de aptitud. Pensé que no probar la cena sería tanto como menospreciar la hospitalidad de la casa, y comer demasiado sería visto como una muestra de glotonería intolerable, y comer apenas un poco me haría parecer un remilgado. Supongo que, vistas desde la perspectiva de ahora, estas ganas de gustar parecen ridículas, y probablemente lo eran. Pero no había llegado tan lejos para acabar fracasando. Así pues, calculé con mucho cuidado la cantidad que me servía de cada cosa y cené escuchando el ruido cada vez más violento de las ráfagas de lluvia contra las ventanas.

Cené en la cocina. Cuando terminé y me preguntaba qué haría hasta la hora de ir a dormir llamaron a la puerta.

7. Anne Bonny y Mary Read

Tengo que reconocer que el sonido del timbre de la puerta en aquella casa tan exageradamente silenciosa, con el estrépito de la tempestad en el exterior, me sobresaltó. Por suerte, la racionalidad se impuso inmediatamente y corrí a abrir pensando en la persona que llamaba, que estaría esperando afuera bajo la lluvia, ya que, con aquel viento, dudaba que el porche sirviese de refugio.

Cuando abrí la puerta, me vi apartado de un empujón, al tiempo que una figura menuda irrumpía sin contemplaciones en el recibidor y volvía a cerrar.

—¡Caramba, tú! ¡Perdona, pero no estoy para demasiadas ceremonias! ¿Eres de la organización? Porque tendría que decirte un par de cosas... —me soltó en inglés una voz de chica, mientras la visitante se apresuraba a cerrar un paraguas que, a juzgar por su aspecto, le había servido de bien poco.

—¿Vienes para el encuentro o reunión de informadores? —acerté a preguntar, un poco desconcertado.

—¡Ja! —se rió ella, aunque su risa sonó como un

latigazo—. ¡Si te parece, soy la repartidora de pizzas! ¡No se me ocurre qué otro motivo puede llevar a una persona civilizada hasta este rincón perdido del mundo y con este tiempo!

La observé mientras se quitaba el impermeable, que chorreaba agua, y buscaba con la mirada algún lugar, aunque acabó metiéndolo con gesto enérgico en el paragüero. Era una chica quizá un poco mayor que yo, menuda y de cabellos rubios, atractiva pero al mismo tiempo con una expresión llena de energía y cierta dureza; incluso era precisamente eso lo que la hacía más seductora. Había dejado a sus pies una bolsa de viaje y ahora clavaba en mí la mirada inquisitiva de unos ojos que parecían verdes a la débil luz del recibidor.

—Yo también he venido por el encuentro —dije, en un tono que sonó como una disculpa.

Ella alzó las cejas y su respuesta también intentó ser una disculpa:

—¿Y por qué no lo has dicho antes? He tenido un viaje de mil demonios, en un avión que se movía como una coctelera, y después un taxista que gruñía en lugar de hablar me ha dejado tirada delante de esta barraca en medio del diluvio universal y se ha esfumado como si le persiguieran. Comprende que no traiga ganas exactamente de felicitar a la organización.

—Si te sirve de consuelo, yo me he ahorrado la lluvia, pero el taxista me ha dado las llaves y me he encontrado la casa vacía. Tan sólo una nota diciendo que había cena en la nevera.

Ella sonrió por primera vez y soltó de nuevo aquella risa seca —¡ja!— antes de presentarse.

—¡Vaya par de colgados estamos hechos! —me alargó la mano—. Me llamo Yolanda —y añadió, con media sonrisa un punto maliciosa—: Yolanda di Ventimiglia.

Había estado a punto de estrechársela, pero al oír el nombre retiré la mano como si me hubiese quemado.

—¿Qué pasa? —preguntó ella, al mismo tiempo intrigada y arrogante—. ¿Te molesta mi apellido?

—Me molesta que me tomen el pelo.

Ferran me había prevenido sobre lo sospechoso que resultaría que fuese a parar a una casa llena de descendientes de piratas, y yo había acabando estando de acuerdo con él, al menos en ese punto. Por eso, cualquier alusión al mundo de la piratería me hacía reaccionar con desconfianza. Pero lo que me había hecho desconfiar más era el nombre que había utilizado la recién llegada. Porque no es preciso ser un lector apasionado de novelas de capa y espada para saber que Yolanda, la famosa mujer pirata, hija del caballero Emilio de Roccanera, señor de Ventimiglia y de Valpenta, conocido en el Caribe como el Corsario Negro, y de la duquesa flamenca Honorata de Wan Guld, no era sino un personaje literario, nacido de la imaginación del escritor italiano Emilio Salgari.

—¡Ja! —rió secamente la chica, mirándome con ojos divertidos—. Muy buena, la respuesta. Pero es verdad que me llamo Yolanda; el nombre es una especie de broma de mi padre, que vivió unos años en Italia. Y si has entendido la broma como para enfadarte, quizá también entenderás esto.

Se agachó hacia su bolsa de viaje y abrió un bolsillo lateral para sacar una cartera de allí. Buscó algo en su interior y me ofreció una acreditación de corresponsal de la Sociedad Clairbone, igual que la mía, a nombre de Yolanda Bonny.

Asentí con la cabeza, poco a poco.

—Supongo que no es preciso que te pregunte tu relación con Anne Bonny... —apunté.

—Descendiente directa. Y casi me da miedo preguntarte cómo te llamas.

—Tengo el carné en la habitación. Edgar Nau.

Ella se rió, pero sin poder esconder un gesto de preocupación.

—¡Ja! ¡El Olonés!

Nos estrechamos la mano vigorosamente y pasamos juntos al comedor.

Afuera, la tempestad se había intensificado.

Yolanda era irlandesa y estudiaba historia en la universidad de París Sorbonne. Practicaba además la vela como deporte y había formado parte de diversas tripulaciones de réplicas de veleros históricos. Efectivamente, con su cuerpo menudo y musculoso, no resultaba difícil imaginársela de gaviera o maniobrando en cubierta con la mar gruesa.

La Sociedad Clairbone se había puesto en contacto con ella hacía casi un año y, desde entonces, había recibido bastantes encargos. Pero, a diferencia de mí, ella siempre había recelado un poco de todo y, cuando la invitaron a este encuentro de colaboradores, ya había temido que se encontraría con otros descendientes de piratas, tal vez en medio de alguna maniobra comercial o un intento de estafa. Por eso, como un desafío, se había presentado con el nombre de la hija del Corsario Negro.

Sentados a la mesa del comedor, le expliqué mi historia con todo detalle.

—Ese amigo tuyo informático tiene razón —concluyó ella—. Ya llevamos tres descendientes de piratas. Y, encima, los tres relacionados de una manera u otra con el mar, los tres conocedores de la historia de la piratería y conscientes de nuestra ascendencia. No me gusta: demasiadas casualidades. ¿Podrías llamarle para ver si ha descubierto algo?

Tuve que explicarle que en la casa no había teléfono y que no había tampoco cobertura para los móviles. Ella encajó la noticia como si ya se la esperara.

—Con este tiempo, tampoco podemos ir al pueblo a buscar un teléfono. Más vale que nos preparemos para pasar la noche. ¿Ya has cenado? Pues ahora lo haré yo. ¡Tengo un hambre de lobo! Luego me enseñas la casa y me dices dónde puedo dormir. Mañana será otro día.

Mientras le enseñaba dónde estaba la cena y la ayudaba a poner la mesa, no pude evitar pensar que, teniendo al lado a alguien tan enérgico como ella y a alguien tan seguro de sí mismo como Warren Teach, si finalmente aparecía, no podía sucederme nada malo.

* * *

Anne Bonny, nacida hacia el año 1700, hija ilegítima pero reconocida de una importante familia irlandesa que emigró a Carolina, fue la esposa del pirata

John Rackman, conocido con los sobrenombres de Rackman el Rojo y Calicó Jack, este segundo por su costumbre de llevar siempre, en invierno y verano, trajes hechos con esa tela. Rackhan llevaba a bordo a Anne Bonny, pero, para que nadie pudiese acusar al capitán de privilegios especiales, ella iba disfrazada de hombre. Su marido la hacía pasar por un criado; y a pesar de las tareas domésticas a las que se dedicaba, también participaba en los combates como un pirata más.

Un día, Anne empezó a sentirse atraída por un joven pirata llamado John Read. En cierta ocasión, lo vio apartado del resto de la tripulación y se le acercó. Le reveló entonces que era una mujer y se le insinuó. El muchacho en principio se resistió, pero Anne creía que lo hacía por miedo a Rackham, hasta que le confesó que en realidad también era una mujer disfrazada. Se llamaba Mary Read.

La vida de Mary aún había sido más aventurera que la de Anne. Era inglesa de nacimiento y, desde muy joven, por distintos motivos, había decidido suplantar la identidad de un hermano suyo que había muerto. Bajo el nombre de John Read, fue soldado en las guerras de Flandes y Holanda. Después, retomó la identidad femenina, se casó y abrió un hostal cerca de Breda, en Holanda.

Sin embargo, sus aventuras estaban lejos de terminar. Su marido murió y la viuda decidió marchar a América haciéndose pasar por hombre, y se enroló como marinero. Después de mucho rodar, acabó formando parte de la tripulación pirata de Calicó Jack.

Anne y Mary se hicieron grandes amigas, pero ésta tuvo que explicar al capitán que era una mujer, ya que Rackham, celoso de la cordialidad que su esposa mostraba hacia aquel joven marinero, estuvo a punto de degollar al que creía amante de Anne.

En un lugar como un barco, difícilmente podía esperarse que un secreto como aquél se mantuviese oculto. La tripulación aceptó a Anne Bonny y Mary Read como compañeras de armas y se acostumbró a verlas vestir ropas femeninas en las temporadas tranquilas, aunque vestían de nuevo de hombre en las escaramuzas. Las dos se mostraron como unas combatientes temibles que, según palabras de Rackham, «eran las primeras en lanzarse al abordaje y las últimas en mostrar misericordia».

El barco de Rackham el Rojo fue atacado y capturado por una nave de guerra inglesa. En aquel último combate, Anne y Mary mostraron una bravura extraordinaria y se las vio maldecir la cobardía y la poca combatividad de sus compañeros, que daban la batalla por perdida.

Los piratas fueron capturados y llevados a tierra para ser colgados. Sin embargo las dos mujeres estaban embarazadas y el juez, al saberlo, les conmutó la pena por una de prisión, para no condenar a muerte a dos criaturas no nacidas.

El mismo día del juicio, John Rackham pidió ver a su mujer antes de morir, pero las palabras que le dirigió Anne Bonny no fueron precisamente las más indicadas para reconfortarle, según se cuenta:

—Realmente siento verte en esta situación, pero si

hubieses luchado como un hombre, ahora no tendrías que morir como un perro.

Mary Read murió de unas fiebres en la prisión. Sin embargo, los historiadores pierden aquí completamente la pista de Anne Bonny. Algunos afirman que murió como Mary; otros, que fue indultada cuando dio a luz; otros, finalmente, que su familia pagó un fuerte rescate por ella y regresó a Europa.

Si realmente aquella noche había conocido a una descendiente de aquella temible mujer pirata, cabía pensar que la tercera teoría era la correcta.

8. Monbars, el Exterminador

Yolanda y yo compartimos habitación aquella noche en La Guette. La extraña situación que vivíamos y, por qué no decirlo, el rugido de la tempestad sobre el Atlántico nos empujó a buscar compañía.

Dormimos mal, atentos a mil ruidos de la casa vacía, donde cada crujido de un mueble, cada chirrido de una puerta, cada golpe de un postigo mal cerrado nos parecía el anuncio de alguna amenaza. Cuando las primeras luces de la mañana se insinuaron en la ventana, saltamos los dos de la cama, como si nos hubiésemos puesto de acuerdo, dispuestos a hacer frente a lo que nos tuviese reservado el día.

Yolanda fue hacia la ventana, la abrió y también los postigos, a pesar del viento frío de la mañana. La luz entró generosa en la habitación y ella respiró profundamente, satisfecha.

—¡Visibilidad siete, ocho incluso! ¡Ven aquí, Olonés!

Fui hacia allí, aunque no acabó de gustarme su forma de llamarme. En la escala de visibilidad marítima, graduada del cero al nueve, el siete es el primer grado en el que el horizonte es visible y se distinguen objetos a 10 millas. Con un grado ocho, se pueden ver objetos hasta 30 millas, aunque tal vez eso era esperar demasiado una mañana de febrero.

Lo importante era que la tempestad había dejado un cielo azul y limpio sobre un mar sin límites. Justo en la línea del horizonte, un portacontenedores ponía proa a Saint-Nazaire, o esperaba permiso para entrar a puerto. Era difícil decirlo; a aquella distancia y desde aquella ventana, la vista era tan buena que te dejaba, paradójicamente, sin puntos de referencia para juzgar un movimiento lejano.

—Diría que siete —opiné—, pero el caso es que hace buen día.

—Y que, con sol y cielo azul, los misterios parecen menos amenazadores y las casas vacías menos fantasmagóricas, ¿verdad? Voy a ducharme y bajaremos a almorzar. Después, ya decidiremos qué hacer. Yo, personalmente, si no me dan más explicaciones, pienso largarme, aunque sea a pie.

Cogió la ropa del armario y salió de la habitación. Yo me quedé apoyado en el alféizar de la ventana, mirando al mar como si del fondo del horizonte tuviese que salir la respuesta a todas mis dudas.

Aparentemente, el portacontenedores no se había movido de sitio, y era un buque metanero el que avanzaba lentamente hacia el estuario del Loira. No pude contener un suspiro. ¡Saint-Nazaire! Era una sensación muy extraña estar mirando hacia un puerto sobre el que había leído tanto. Desde allí zarpaban los grandes transatlánticos que iban hacia las Américas. ¿Cuántos emigrantes habrían embarcado en aquel puerto hacia un mundo mejor, dejándolo todo atrás, huyendo de la pobreza? Si alguien les hubiese dicho a aquellos hombre y mujeres, valientes o desesperados, que sus nietos y bisnietos seguirían con el tiempo el camino inverso por los mismos motivos...

El sonido de los pasos de Yolanda en el pasillo me indicó que el baño estaba libre. Tuve que hacer un esfuerzo para apartarme de la ventana e ir también a ducharme. No había ido allí para mirar el paisaje.

El problema era que no sabía qué había ido a hacer allí.

Almorzamos frugalmente y en silencio, sin dejar de contemplar por las ventanas del comedor la inmensidad del Atlántico, mientras comentábamos con desgana la posibilidad de ir a telefonear al pueblo más cercano o al menos buscar algún lugar desde el cual los teléfonos móviles tuviesen cobertura. En realidad, tanto Yolanda como yo estábamos matando el tiempo, a la espera de que nuestros anfitriones se diesen a conocer y pusiesen fin a aquella incertidumbre.

Ella se lo tomaba con menos paciencia que yo. De cuando en cuando, lanzaba miradas nerviosas a la puerta, insistía en su intención de marcharse si la situación no se aclaraba, o me recordaba que la Sociedad Clairbone no nos había proporcionado en ningún momento un teléfono de contacto por si surgían problemas.

Cuando estábamos ya recogiendo la mesa, sin saber qué haríamos el resto de la mañana, sonó el timbre de la puerta y nos precipitamos al recibidor con tanta prisa que tropezamos en la entrada. Eso nos hizo reír, algo que alivió un poco la tensión y nos ayudó a abrir la puerta con un porte más sereno.

Afuera, en el porche, estaba Warren Teach, acompañado por un desconocido, un chico aproximadamente de mi edad, alto y delgado, de piel muy blanca, pero muy musculoso, como un atleta. Cada uno llevaba una maleta que descansaba a sus pies. En el camino, al otro lado del pequeño muro, se oía el ruido del motor de un coche alejándose.

—¡Permiso para subir a bordo!—exclamó Teach, en tono alegre, alargándome la mano—. Me alegro de verte, Edgar. ¿Llegamos muy tarde?

Estreché su mano vigorosamente mientras negaba con la cabeza.

—¡Aunque parezca mentira, sólo estamos nosotros cuatro y nadie de la organización! Eso —añadí, dirigiéndome a su acompañante—, suponiendo que tú seas un invitado, como nosotros.

—Es un invitado, otro informador de la Sociedad —respondió por él Warren Teach—. ¿Dices que no hay nadie de la organización? Y entonces, ¿qué se supone que hemos de hacer? Bien, ya se verá —saludó a Yolanda con un gesto—. Este joven y yo acabamos de conocernos. Hemos coincidido en la cola de taxis del aeropuerto. ¡Y, por cierto, que el taxista ha huido de aquí como si fuese a apagar un incendio! A lo que iba: no adivinarías nunca cómo se llama nuestro compañero.

—Pues se nos ocurren unas cuantas posibilidades…

—replicó Yolanda, retrocediendo un paso para dejarles pasar—. Pero será mejor que se presente él mismo, ¿verdad?

El chico esbozó una tímida sonrisa y alargó la mano.

—Me llamo —dijo en francés— Donatien de Monbars.

Yolanda se quedó clavada y estrechó su mano como una autómata.

—¡Ja! Éste es el que nos faltaba: el Exterminador.

* * *

Monbars, un personaje al que cuesta llamar pirata porque no era la riqueza lo que buscaba en sus ataques, es un perfecto ejemplo de persona influida hasta extremos impensables por las lecturas de su juventud. Fue un gentilhombre de Lenguadoc, nacido a principios del siglo XVII, que ya en la escuela leyó con avidez la obra del padre Bartolomé de las Casas, quien condenaba los abusos cometidos en América por los conquistadores españoles y el exterminio al que se veían condenados muchos pueblos indígenas. La lectura apasionada de la *Brevísima relación de la destrucción de las Indias* hizo nacer en el corazón del joven noble un odio desmesurado hacia los españoles, unido al sueño de llegar a convertirse un día en el vengador de los indios.

Cuando estalló la guerra entre Francia y España, un tío suyo, capitán corsario, le admitió a bordo en un viaje hacia las Antillas. Por cada vela que veía en el horizonte, preguntaba ávidamente si se trataba de una

nave española, ansioso por iniciar su obra de venganza.

Cuando finalmente descubrió un velero español, su tío mandó que encerrasen a Monbars en su cabina; tenía miedo de que se lanzase impulsivamente al abordaje y le matasen en el primer momento.

Los dos barcos entablaron combate. Cuando los franceses pasaron al abordaje, el joven Monbars derribó la puerta de la cabina y se precipitó sobre el enemigo como una furia. Entonces alguien dijo que parecía un ángel exterminador. El nombre hizo fortuna y pronto sólo se le conoció como Monbars el Exterminador.

Llegados a La Tortuga, los piratas dieron rienda suelta a sus desmanes. Pero a Monbars no le interesaban ni la bebida, ni el juego ni las mujeres, sino hacer realidad su sueño de estudiante. Se separó de la tripulación de su tío y se instaló por su cuenta. Algún tiempo después, era capitán de un barco con una tripulación de indios y esclavos liberados que le eran fieles hasta la muerte. Cuando capturaron su primera presa, masacraron a los españoles y tiraron el botín al mar. A partir de entonces, tanto en los combates navales como terrestres, Monbars siempre actuó así: ni botín ni clemencia. Sólo venganza y exterminio.

* * *

A lo largo de aquella mañana, no se presentó nadie más en La Guette, algo que nos hizo pensar, teniendo en cuenta el texto de la nota que había encontrado a mi llegada, que nosotros cuatro éramos los únicos asistentes al encuentro de informadores de la Sociedad Clairbone. Sólo cuatro asistentes y los cuatro con las características que había enumerado Yolanda, ya que Donatien también tenía la intención de estudiar Náutica y era un apasionado de la historia de la navegación a vela.

Ahora bien, puesto que no hay nada mejor que una situación comprometida para que nazcan vínculos entre las personas, muy pronto los cuatro nos sentimos como si nos conociésemos de toda la vida, y por supuesto, Warren renunció a tratarme de usted, como había hecho en nuestro encuentro en Barcelona.

Dedicamos la mañana a recorrer la casa y sus alrededores, mientras cada uno explicaba a los demás quién era y a qué se dedicaba. Incluso, como para hacer juego con nuestra desconfianza y nuestras sospechas, nos habíamos empezado a tratar no por nuestro nombre, sino por el de los respectivos antepasados. Esta forma de llamarnos, sin embargo, a mí no acababa de convencerme. Expliqué a mis nuevos amigos lo que había pensado siempre: que considerar a los piratas como unos personajes positivos y admirables era una actitud que se podía comparar, tranquilamente, con la de ver a los miembros de las SS como personajes folclóricos alemanes.

—Ya lo discutiremos —replicó Yolanda cuando lo escuchó—. De momento, tenemos preocupaciones mucho más urgentes..., Olonés.

Efectivamente, la comida —que habían preparado entre Yolanda y Donatien, ya que tanto Warren como yo éramos unos inútiles en ese campo— se convirtió enseguida en un debate. A aquellas alturas, viendo el supuesto congreso reducido a cuatro asistentes y teniendo en cuenta las circunstancias y nuestras propias características, nadie se creía que lo que habíamos ido a hacer allí fuese realmente lo que creíamos al principio.

Todos expusimos nuestras ideas y teorías, y yo hablé también de los miedos de Ferran. Pero tanto la hipótesis de la base de datos de posibles descendientes como de la estafa tenían un inconveniente: el hecho de que sólo fuésemos cuatro. Tanto en un caso como en otro, éramos muy pocos.

—¿Y por qué no intentamos pensar de una forma positiva? —dijo Donatien, como si quisiera animarnos—. Hagamos sólo una valoración de costes: si sumamos los gastos de la notaría, las mensualidades que han pagado, el alquiler de esta casa, los taxis y los billetes de avión, resulta que traernos aquí ha costado un buen pico. Si se gastan tanto, significa que esperan recuperar ese dinero y con creces. ¿De veras creéis que pueden recuperarlo estafándonos? Tres de nosotros somos estudiantes, que seguramente tenemos como principal fondo de ingresos lo que nos paga la misma Sociedad. Y el cuarto... —señaló a Warren con un gesto de la barbilla—, bueno, ellos saben que el amigo Barbanegra es economista y un alto ejecutivo de una empresa americana. Por lo tanto, aunque tenga unos ingresos importantes, no es en absoluto una víctima fácil de estafar.

—¿Adónde quieres ir a parar, pues? —preguntó Warren—. ¿O sea que, según tú, lo valioso es el hecho de que estemos aquí? Nosotros cuatro somos los valiosos...

—Si lo que quieres decir, Donatien, es que tú te tragas la excusa del encuentro de informadores —intervino Yolanda—, no olvides que estamos aislados en esta casa, bien lejos del pueblo más cercano, sin teléfono, y que los móviles no tienen cobertura. ¿No es eso un detalle importante?

Donatien abrió las manos en un gesto de impotencia. Me pregunté por un momento si no sería todo una especie de prueba. Aunque tampoco acababa de encontrar el sentido a aquella hipótesis y callé.

—El caso es que nos faltan datos —continuó el descendiente de Monbars, con aquel tono optimista que tanto le había ayudado a ganarse la simpatía de los demás—, pero eso no significa necesariamente que nos hayan traído hasta aquí con intenciones siniestras. Podría ser cualquier cosa... No sé...

—¡Una fiesta de piratas! —le ayudé, para hacer un poco de broma.

—¡Exacto! O un crucero en un viejo barco...

Le interrumpió un grito ahogado de Yolanda, la única que estaba sentada frente a las ventanas. Se había levantado de un salto que tiró sus cubiertos al suelo y soltando un juramento, y señalaba, con los ojos abiertos como naranjas, hacia el mar.

—¡Monbars tiene razón! —fue lo único que acertó a decir.

Los tres nos dimos la vuelta hacia las ventanas y nos quedamos también con la boca abierta.

Bajo el sol brillante del mediodía, sobre un mar tan

azul que parecía que febrero hubiese concedido alguna tregua, como surgida del túnel del tiempo, del recuerdo de épocas pretéritas, de viejos relatos de marineros y de piratas, una goleta avanzaba a toda vela desde la línea del horizonte hasta la playa.

9. *La* Sans-Quartier

Los cuatro nos acercamos a las ventanas para contemplar aquel inesperado espectáculo que, sospechábamos, nos estaba destinado.

La goleta avanzaba rápidamente hacia la costa. Veíamos cómo los tripulantes se apresuraban para reducir vela; no sabíamos todavía si para virar o para fondear. Era una nave bastante grande, de unos veinticinco o treinta metros de eslora y la única superestructura visible era el castillo de popa, con un amplio castillo que arrancaba justo a popa del palo mayor como en las embarcaciones antiguas, lo cual hacía pensar que estaba construida imitando los barcos del siglo XVIII o XIX. Seguramente podría llevar cómodamente a una veintena de personas, aunque, viendo el aparejo, eran necesarios muchos menos marineros para hacerla maniobrar.

Iba aparejada como una goleta clásica, con cangrejas en el trinquete y al mayor, gavia al mastelero del mayor y bauprés con dos foques. Quizá con buen viento podía izar más vela, pero era difícil decirlo a aquella distancia. Un aparejo, en resumen, de gran eficiencia y fácil de maniobrar.

A ambos lados del combés se veían dos botes cubiertos con lona, con los pescantes recogidos, y, justo a su popa, algo que arrancó una exclamación de sorpresa a Donatien.

—¡Va artillada! —exclamó.

—Que pueda verse desde aquí, un cañón por banda —confirmé yo—. Es extraño...

—No tanto—me corrigió Yolanda—. Es una réplica de un barco antiguo y estas goletas, aunque fuesen mercantes, siempre llevaban alguna pieza de artillería, por precaución. Sencillamente, han querido hacer la réplica más realista. No deben de ser operativos, ni siquiera para disparar salvas.

—Pero son peligrosos —apuntó Warren.

—Seguro que llevan las cureñas sin ruedas para evitar que rueden y van trincados —aclaró Yolanda—. Yo también he navegado llevándolos. Ocupan una barbaridad de espacio y siempre te los encuentras en medio. Pero le dan un aire antiguo, y no todo han de ser cosas prácticas en esta vida.

Mientras hablábamos, la goleta se iba aproximando hacia nosotros, reduciendo la velocidad. Ahora podíamos ver a los marineros recogiendo y aferrando las cangrejas. La gavia estaba ya plegada y me pregunté si lo habían hecho maniobrando desde cubierta con aparatos modernos o enviando gavieros a la arboladura. Probablemente, en un barco que incluso llevaba réplicas de cañones en el combés, la opción lógica era esta última.

—Se disponen a fondear —dijo Donatien.

—Están muy bien coordinados —observó Yolanda—. ¿Habéis navegado en barcos de ésos?

—Sólo en yates modernos —respondió Warren, mientras Donatien y yo negábamos con la cabeza—. Tengo un yate de doce metros en Barcelona. Pero claro, no es tan clásico.

A bordo de la goleta, los marineros habían terminado de aferrar las cangrejas. Justo en aquel momento, el ancla cayó al agua y el barco viró sobre el cable mientras los otros marineros recogían con rapidez los foques. Cayó una segunda ancla y el barco quedó completamente inmovilizado a unos trescientos metros de la playa.

—Perfecto —comentó Yolanda, con un gesto de aprobación.

Todos estuvimos de acuerdo, pero en aquel momento lo que más nos preocupaba no eran las cuestiones náuticas.

—¿Y ahora qué? —pregunté.

La respuesta no era nada obvia. La llegada de la goleta no sólo no nos había aclarado nada, sino que, según cómo, incluso nos dejaba en una posición un tanto ridícula.

—Podemos bajar a la playa y llamar la atención de la gente del barco —propuso Warren, que era el más sereno de nosotros y asumía el mando con naturalidad—. Arrían un bote, vienen a hablar con nosotros y... —aquí hizo un guiño y continuó en tono de broma—: Les explicamos que somos un grupo de descendientes de piratas que se han quedado colgados en una casa aislada después de que los organizadores de unas jornadas de investigación genealógica hayan desaparecido. Naturalmente, cuando hemos visto llegar un barco de vela, hemos deducido que tenía que estar relacionado con nosotros y, por lo tanto, estamos dispuestos a... —hizo una pausa levantando las cejas—. ¿A qué, tripulación? ¿A subir a bordo? ¿A lanzarnos al abordaje?

—Gracias por desdramatizar nuestra situación. Y sí, estoy de acuerdo: al menos les podríamos saludar... —reaccionó Donatien.

A bordo de la goleta había cesado la actividad. Aparentemente los marineros descansaban y no mostraban ninguna intención de comunicarse con La Guette.

Asomados a las ventanas, nosotros nos habíamos olvidado de la comida, que se enfriaba en la mesa. Yo, sin embargo, regresé poco a poco sin que los demás se diesen cuenta, cogí un tenedor y empecé a golpear el cristal de la botella de agua: «ding-ding, ding-ding-ding».

Al principio simplemente pensaron que tenía hambre y les invitaba a volver a la mesa. Tuve que repetir la señal unas cuantas veces para que Warren se diese cuenta de lo que estaba haciendo.

—¿Morse? ¡Qué curioso, en pleno siglo XXI! Raya-punto-raya. La letra «K». O, en el código de las banderas, dos franjas verticales, azul y amarilla. Izada sola significa...

—«Comuníquese conmigo» —saltó Yolanda, que de pronto lo había entendido—. ¡Buena jugada, Olonés! Si tenemos que llamarles, lo haremos con estilo.

—Pero, ¿cómo? —preguntó Warren—. No tenemos ni banderas ni sirena.

—Podemos esperar a que oscurezca, apagar todas las luces de la casa y utilizar la de una de las habitaciones del piso de arriba —expuse—. El inconveniente es que tendremos que esperar aún unas horas.

—Acabemos de comer, pues —concluyó, práctico, Donatien.

Regresamos a la mesa, pero cambiando de lugar platos y sillas para quedar todos frente al mar, y acabamos de comer entre especulaciones sobre el motivo de la presencia del velero delante de La Guette, si es que había alguno.

Pasó la tarde sin que se viese ninguna señal de actividad a bordo. Nos preguntamos si la tripulación estaría descansando de la tempestad de aquella noche, pero enseguida nos dimos cuenta de que era poco probable que les hubiese sorprendido en el mar: el cielo se había ido nublando a lo largo de toda la tarde anterior y habían tenido tiempo de sobra para ir a refugiarse en cualquier puerto.

No eran las seis de la tarde, pero había oscurecido lo suficiente como para que las señales fuesen perfectamente visibles. La goleta continuaba sin mostrar señales de actividad, y el nerviosismo en La Guette había aumentado. Yolanda había repetido en más de una ocasión que ya estaba harta de aquella comedia y que se iba a su casa. Y aunque a todos nos mantenía en el sitio la curiosidad de ver qué pasaría, supongo que en el fondo pensábamos como ella. Tan sólo Warren se mantenía tranquilo, disfrutando de la aventura y transmitiéndonos serenidad.

Al empezar a declinar la luz, la goleta había encendido luces de posición en las crucetas de los palos, unas luces eléctricas que, juntamente con el reflector del radar, claramente visible en el estay del mastelero de trinquete, eran los únicos detalles modernos que podíamos distinguir en la nave.

—Voy arriba —anuncié mientras iba hacia la escalera.

—Nosotros apagaremos todas las luces y nos prepararemos para tomar nota de la respuesta. ¡A ver quién la interpreta antes! —respondió Warren, juguetón como un niño.

Y mientras empezaba a subir, oí a Yolanda que me lanzaba:

—¡A la cofa, Olonés! Nosotros cerraremos las portillas.

—¡Batiporta la batería, Bonny! —acerté a responder cuando ya estaba arriba del todo.

Y al darme cuenta de que, por primera vez, respondía a una broma marinera como aquélla, pensé que significaba que me sentía más compenetrado con Yolanda e integrado en el grupo de lo que yo mismo era consciente.

Entré en el dormitorio que había compartido con Yolanda, comprobé que la ventana era completamente visible desde la goleta y empecé a encender y apagar la luz —largo-corto-largo— esperando que a bordo se diesen cuenta de que aquello era una señal y no alguien que hacía el tonto con la luz de la casa.

Tan sólo tuve que repetir la señal cinco o seis veces. Rápidamente, como si desde el barco hubiesen estado observando La Guette, se encendió un proyector en cubierta y me llegó la señal de palabra recibida —seis puntos—, seguido de un rápido mensaje que fui incapaz de interpretar, aunque esperaba que Warren y Yolanda, que tenían práctica en navegación real, la entendiesen sin problemas.

El mensaje se repitió tres veces antes de que Donatien entrase corriendo en la habitación para indicarme que ya podía transmitir la señal de recibido.

—Arrían un bote y vienen hacia aquí. Ven, que bajaremos a la playa.

Transmití la señal de los seis puntos y dejé la luz de la habitación apagada. En el recibidor mis compañeros ya se estaban poniendo los abrigos y las bufandas.

Fuera de la casa hacía frío y, a pesar del buen tiempo que había hecho durante el día, el crepúsculo había traído de nuevo nubes y un aire marino que cortaba la piel como si los cristales de sal fuesen minúsculos cuchillos. Cuando nos adentrábamos por el camino que bajaba hasta la playa, vimos cómo una barca se separaba de la goleta e izaba una pequeña vela latina en un palo abatible con tal de aprovechar el viento para acercarse sin esfuerzo a la costa. La claridad disminuía rápidamente, pero parecía que la guiaban dos hombres, uno a la caña del timón y el otro maniobrando la vela, a punto de orzar si era preciso. La embarcación demostró la pericia de sus tripulantes trazando una elegante línea recta y la rueda tocó la grava de la playa justo en el momento en que nosotros también llegábamos allí.

Ayudamos rápidamente a los tripulantes a sacar la barca del agua. La vela ya estaba recogida y el timón izado y trincado en la regala, como si los dos hombres se hubiesen propuesto impresionarnos con su pericia. Después, una vez la barca quedó en seco, llegó el momento de las presentaciones.

—Evans —nos saludó el hombre que había conducido la caña de la barca—. Capitán de la *Sans-Quartier* —señaló la goleta, visible ahora como una mancha negra en el cielo que oscurecía, con las luces de posición perfilando la arboladura—. Y supongo que ustedes son los invitados que me envían a recoger. Estaba esperando alguna señal por su parte. Mientras el capitán hablaba, el tripulante, un negro extraordinariamente alto y delgado, se mantenía un poco atrás, examinando nerviosamente los aparejos de la barca.

—La *Sans-Quartier* ¿«Sin cuartel»? —se extrañó Warren—. ¿No es un nombre un tanto extraño para una nave de recreo?

—Para una normal, sí —admitió Evans—, pero nuestra goleta es una réplica histórica y se han tenido en cuenta todos los detalles.

—Incluso los cañones, ¿verdad? —a pesar de la oscuridad, intuí que Yolanda sonreía, seguramente, entusiasmada con la idea de embarcar en la goleta; y tengo que reconocer que yo también.

—Incluso los cañones —respondió Evans—, que son réplicas, naturalmente. Los llevamos batiportados, preparados para el mal tiempo, en prevención de riesgos; pero si es preciso, se pueden poner incluso en batería. A veces lo hemos hecho en regatas de navíos históricos.

El capitan Evans parecía un hombre bastante comunicativo pero, al mismo tiempo, se le veía inquieto por regresar a la nave. Nos confirmó que la Sociedad Clairbone había fletado la goleta con órdenes de pasar a recogernos por La Guette y transportarnos hasta cierto punto del Atlántico que tenía que mantener en secreto. Le habían pedido que nos aclarase que a partir de ese momento comenzaba el encuentro propiamente dicho que nos había llevado hasta allí. Al principio, había pensado que nosotros sabríamos más cosas, pero ahora, al ver que aún sabíamos menos que él, tampoco se preocupaba demasiado: le habían encargado que nos paseese hasta aquellas coordenadas y así lo haría. Consideraba que no merecía la pena preocuparse por una cosa que, al fin y al cabo, no sería nada más que un capricho de ricos. De hecho, nos aconsejaba que hiciésemos lo mismo y que disfrutásemos del crucero.

—¡No se tiene todos los días la oportunidad de navegar en un barco como la *Sans-Quartier!* —el capitán hizo una pausa pensativa—. Es un poco molesto, pero tendré que comprobar sus identidades, sólo para confirmar que no hay ningún error. Ustedes son los señores y la señora...

—Bonny, Nau, Monbars y Teach —respondió Warren, mostrando su identificación como informador de la Sociedad, que llevaba encima.

Evans asintió muy serio, pero no pareció que reconociese los apellidos, aunque tengo que admitir que, dichos de aquella manera, los cuatro juntos, impresionaban. Quizá no había caído en ello o no era conocedor de la historia de los piratas. O quizá, sencillamente, era demasiado educado como para hacer ningún comentario.

—Zarparemos con la marea de la mañana. Pueden dormir en tierra y hacer el equipaje con calma, pero necesito tenerlos a bordo a las seis de la mañana. Una barca vendrá a buscarlos aquí mismo.

Nos despedimos del capitán y del marinero, aquel negro delgado y altísimo que, al pasar por mi lado, me lanzó una extraña mirada con unos ojos que me parecieron demasiado grandes, demasiado brillantes y demasiado blancos. Pensé que tal vez había sido sólo un efecto de la oscuridad de la noche.

—¡Venga, todo el mundo a la casa! —dijo Warren, mientras la barca se alejaba navegando a remo hacia la goleta—. ¡Y a dormir como las gallinas!

Y por supuesto aquella frase me hizo evocar inmediatamente a mi amigo Ferran, *Cutthroat Lewis*.

* * *

Pocas veces Ferran había tomado sus incursiones en ordenadores ajenos como algo personal. Le gustaban el juego, el desafío y también los beneficios que podía obtener de una incursión concreta. Pero solía actuar de una forma impersonal, sin ningún sentimiento de antipatía hacia sus víctimas.

Había habido, claro está, excepciones. Él fue uno de los promotores del ataque masivo de *hackers* que había dejado fuera de servicio un servidor americano dedicado a la pornografía infantil y había publicado en diferentes foros los nombres y los datos de todos sus clientes. El ataque había requerido una preparación muy cuidadosa, ya que se basaba en el envío masivo de centenares de miles de mensajes *ping* al servidor desde todas partes del mundo y en el mismo instante, y fue durante esos preparativos cuando conoció a Mandy, su ciberamiga de Toronto, que había colaborado después con él en más de una ocasión.

Pero lo que le sucedía ahora con la Sociedad Clairbone era muy distinto. Y no sólo porque hubiesen destruido su sistema, sino porque intuía que aquel desmesurado contraataque había tenido por objeto evitar que descubriese alguna cosa precisamente en el momento en que Edgar se marchaba hacia aquel extraño encuentro de documentalistas. Ferran creía que su amigo corría peligro y, aunque no llegaba a imaginarse qué planes podían esconderse tras algo aparentemente tan inofensivo como una empresa de investigaciones genealógicas, estaba decidido a atacar los sistemas de la Sociedad de todas las formas posibles. Sabía que, si no lo hacía, no podría volver a dormir tranquilo.

Había tardado menos de dos días en reconstruir su sistema y dotarlo de una alta seguridad y *cortafuegos*. Desde un cibercafé del barrio se había puesto en contacto con Mandy, le había explicado el caso y le había pedido ayuda. Poco después y como inauguración de su nuevo equipo, que le había costado muchas horas de esfuerzos configurándolo y un buen pico comprando componentes, lo había puesto en marcha, lo había conectado a la línea telefónica y se había sentado delante para contemplar cómo Mandy, desde la otra punta de mundo, intentaba *hackearlo* de todas las formas posibles.

Al cabo de tres horas, Mandy se dio por vencida. Sus ataques habían fracasado y, además, los sistemas de respuesta de Ferran los habían rastreado hasta su origen. No habían servido de nada las astucias que la chica había puesto en juego: incluso cuando le había atacado a través del ordenador de una oficina de Singapur donde había conseguido implantar un caballo de Troya meses atrás, el cortafuegos de Ferran lo había detenido y había localizado primero el IP del ordenador de Singapur y, finalmente, el de Toronto.

Cuando Mandy le comunicó por correo electrónico que lo dejaba correr, Ferran tuvo que contener un grito de alegría. Consideraba a la chica canadiense una *hacker* aún mejor que él y estaba convencido de que, si su ciberamiga no había conseguido entrar en su sistema, nadie podría hacerlo.

—Y ahora, señores de Clairbone —dijo, mirando la pantalla, después de despedirse de Mandy—, ahora nos veremos las caras.

Cuatro horas más tarde, en la madrugada de Cornellá, mientras una lluvia insistente martilleaba los cristales, Ferran había conseguido hacer unos cuantos descubrimientos interesantes. Para ello, había atacado el sistema de Nueva Orleans desde distintos ordenadores dispersados por todo el mundo, después de tomar su control activando un caballo de Troya que él mismo había diseñado. Curioseando en los archivos de la Sociedad, había descubierto que Clairbone no era sólo una empresa dedicada a las investigaciones genealógicas, sino que tenía intereses en campos muy diversos. Concretamente, había descubierto que poseía unos laboratorios farmacéuticos especializados en fármacos para veterinaria y, para su sorpresa, una agencia de viajes de aventura y una compañía naviera.

Cuando descubrió esto último, Ferran dejó escapar un silbido.

—Purgantes para gallinas y aventurillas de pago —murmuró en tono despectivo—. ¡Ya ves! En cambio, eso de los barcos ya tiene más relación con los piratas... Y con las colonias de vacaciones a orillas del mar en pleno febrero.

Habría continuado toda la noche sin parar, pero era tarde y se sentía cansado. Y ya se sabe que las personas cansadas cometen errores con más facilidad.

10. Mar abierto

Mucho antes de que los primeros rayos de sol empezasen a hacer palidecer la noche por el lado de tierra, el reflector de la *Sans-Quartier* había empezado a transmitir la señal que representaba la letra «P» —punto-raya-raya-punto—, que significa, como aclaró Warren, que el navío estaba a punto para zarpar y se les pedía que se presentasen a bordo enseguida. Warren, como navegante deportivo habitual, tenía mucha práctica en leer e interpretar rápidamente las señales del código internacional, pero esto no significaba que yo fuese un ignorante en la materia; por eso, y para ganar puntos ante Warren, me apresuré a añadir que, si hubiese habido suficiente luz, seguramente habríamos visto izar en una driza la bandera azul con el rectángulo naranja en el centro, que significa exactamente lo mismo.

Fuera como fuese, las señales no eran necesarias: faltaban cinco minutos para las seis de la mañana. Hacía un frío que nos había obligado a abrigarnos tanto como habíamos podido y nos encontrábamos ya los cuatro en la playa de grava, a los pies de La Guette, contemplando la luz de la barca que se acercaba a tierra.

Cuando la quilla de la barca tocó la grava, sus dos tripulantes desembarcaron para ayudarnos con el equipaje. En esta ocasión, Evans se había quedado en la goleta, seguramente para dirigir la maniobra. Sí que había venido, por contra, su tripulante de la noche anterior, el que me había inquietado con su mirada, acompañado por un hombretón tan taciturno como él.

Subimos a la barca intentando no mojarnos los pies y, después de insistir un poco, conseguimos que los marineros nos dejasen los remos. Y, así, vigorosamente impulsada por todos nosotros, la embarcación cortó el agua negra en dirección a la goleta.

El capitán Evans nos esperaba en el combés para darnos la bienvenida a bordo de la *Sans-Quartier,* rodeado por la frenética actividad de la salida. El ancla de popa fue levada al mismo tiempo que los pescantes izaban la barca, mientras los demás tripulantes desplegaban los foques.

—No pierden ni un segundo —se admiró Donatien.

La goleta olía a mar y alquitrán, lona y cáñamo. Una mirada rápida a los obenques me permitió comprobar que estaban tesados con bigotas de madera y aparejadas con acolladores dispuestos con elegancia. Se lo hice notar a Donatien, que estaba a mi lado.

—Aún no he visto ni un elemento moderno, a excepción de las luces y el reflector de radar —dijo él—. Y se nota que esta gente conoce su oficio: aparejar bien un juego de bigotas no es fácil ni en un barco en miniatura.

El ancla de popa había sido recogida y algunos marineros maniobraban el cabrestante para izar la principal y fijarla a la serviola. Mientras, los foques habían empezado a tomar viento y la goleta había empezado a virar encarándose hacia mar abierto. Ahora ya se habían encendido las luces de navegación —verde a estribor, roja a babor— y los marineros que no estaban en el cabrestante esperaban la señal para desplegar las cangrejas.

El capitán Evans, aparentemente, se limitaba a supervisar las operaciones, casi sin tener que dar órdenes. La tripulación estaba tan compenetrada como la de un crucero de regatas y cada uno sabía en todo momento dónde estaba su lugar. Sólo hubo una indicación por su parte, cuando el ancla estaba ya recogida —«A punto para izar cangrejas, atentos a las escotas»— y la *Sans-Quartier*, como un pájaro que despliega sus alas, zarpó adentrándose en el Atlántico.

Cuando salió el sol, casi habíamos perdido de vista la línea de la costa. La goleta navegaba con las cangrejas y la gavia desplegadas con viento fresco por la aleta. A aquellas alturas ya sabíamos que el capitán Evans contaba con una tripulación de doce hombres, todos ellos experimentados marineros. Sabíamos, también, que todo el mundo a bordo se mostraba amistoso con nosotros, dispuesto a darnos cualquier tipo de explicaciones técnicas sobre la nave. Ahora bien, fue imposible sacar ni una sola palabra sobre cuál era nuestro destino. El capitán se limitaba a decir que le habían pedido que no lo dijese y la tripulación, aparentemente, no lo sabía.

No tardó mucho en llegar aquel momento mágico que yo vivía por primera vez; aquel momento en el que la línea de la costa desaparece definitivamente y el horizonte se ve completamente redondo alrededor del barco. El cielo estaba bajo y gris, y era preciso abrigarse bien para estar en cubierta, pero la visibilidad continuaba siendo buena y, apoyados en la regala, no nos cansábamos de contemplar el mar, observar el velamen o escuchar el silbido del viento entre el cordaje.

La comida fue cordial y animada, a pesar de las reticencias del capitán para decirnos adónde nos dirigíamos. Por la posición del sol, era evidente que nos íbamos rumbo al oeste, adentrándonos en el Atlántico, pero no hubo manera de obtener informaciones más concretas. Ni siquiera pudimos comunicarnos con nuestras casas. Por sorprendente que pudiese parecer, la *Sans-Quartier* no llevaba radio ni ningún otro aparato de comunicación más que el heliógrafo de señales. Tampoco parecía que llevásemos a bordo instrumentos de navegación modernos, e incluso, al punto del mediodía, habíamos visto al capitán Evans tomando la altura del sol con el sextante para determinar nuestra posición.

Por la tarde, hablando conmigo cerca de la popa, mientras mirábamos cómo la estela de la nave se alargaba por el agua, Donatien me planteó sus dudas:

—A mí me da la impresión de que todo es un poco de comedia —me comentó—. Pase que sea una réplica de una embarcación antigua. Pase que quieran respetar los detalles y que incluso carguen con un par de cañones para hacer bonito, pero... ¿Tenemos que creernos de veras que no llevan radio? ¿Ni radar? —y al decir esto señaló al vigía de la guardia de tarde, que, justo en aquel instante, trepaba por los flechastes de trinquete hacia la cofa—. ¿Ni GPS?

—Tampoco te fías... —empecé yo, para animarlo a hablar.

—Pues no. Dudo que nuestro trabajo sea tan valioso como para que este montaje resulte rentable. ¡Fletar un barco para nosotros! ¿Y esta insistencia en no decirnos dónde vamos? Llevamos todo el día navegando rumbo oeste-sur-oeste. ¿Qué habrá en esa dirección?

—Nada. Mar abierto. Pero pueden cambiar de rumbo durante la noche. Y volvemos a la pregunta que nos habíamos hecho en tierra: ¿qué objetivo tendría engañarnos?

Donatien negó con la cabeza. Parecía preocupado de veras.

—No lo sé. Pero no me hace ninguna gracia ignorar cosas. En ocasiones como ésta —sonrió, como para quitar seriedad a sus palabras—, me gustaría tener de Monbars algo más que el apellido. ¡Me gustaría ser capaz de coger por mi cuenta al capitán y obligarle a decir lo que sabe!

Intenté esbozar una sonrisa pero no pude evitar decirle:

—¿De veras te gustaría ser como Monbars? ¿Recuerdas lo que hacía cuando un prisionero no quería decirle algo?

Una vaga expresión de repugnancia atravesó el rostro de mi amigo.

—De acuerdo, tienes razón. Monbars podía llegar a ser más sádico que el propio Olonés. Pero a veces...

Y sus palabras se perdieron en el viento mientras dirigía de nuevo la vista hacia el vigía, quien había ocupado su lugar en la cofa, que se recortaba en el cielo que oscurecía.

Pasamos aquella noche en la cabina que nos habían reservado en el castillo de popa, al lado de la del capitán. La mayoría de los marineros, cumpliendo con las tradiciones de los tiempos de la navegación a vela, dormía en el castillo de proa en una cabina común. Las emociones del día, añadidas al olor del barco y al constante balanceo al cual nuestros cuerpos se iban acostumbrando poco a poco, hicieron que nos costase conciliar el sueño. Al final, sin embargo, los cuatro dormíamos, mecidos por las olas del Atlántico, navegando con rumbo desconocido.

* * *

Las incursiones de Ferran en los ordenadores de la Sociedad Clairbone y sus empresas filiales se fueron haciendo más profundas y eficaces. Por fin conocía bastante bien el sistema y había empezado a descubrir aspectos cada vez más intrigantes. Pero aún había zonas que quedaban fuera de su alcance, directorios especialmente protegidos, a los cuales muy pocas personas de la Sociedad tenían acceso. Si de verdad había algo escondido, por fuerza tenía que estar en aquellos directorios; no obstante, Ferran no había conseguido hacer saltar las protecciones, todavía. Y ahora que sabía que la madre de Edgar no había tenido noticias de él desde que se había marchado a Francia, sentía cierta prisa por descubrir algo..., aunque fuese que no había nada que descubrir. Por esta razón pidió ayuda a Mandy y a otros amigos de diversos países después de explicarles lo que le había sucedido a él por acercarse sin precauciones a aquel sistema.

Al menos, había podido obtener datos curiosos sobre la compañía naviera filial de Clairbone. Una empresa pequeña que poseía una flota de lo más variada. Había dos barcos ligeros de carga y naves más pequeñas, algunas de ellas de recreo, quizá alquiladas o cedidas a los directivos de las empresas del grupo. Entre éstas, destacaba poderosamente la *Rebecca,* una goleta que reproducía con todos los detalles las características de las naves de los siglos XVIII y XIX. Según la ficha técnica que pudo encontrar, la *Rebecca* iba aparejada como las antiguas goletas pesqueras norteamericanas, podía mantener sin problemas una marcha de nueve nudos con viento favorable y estaba equipada con tanto gusto por el detalle y tantas ganas de reproducir las condiciones de la navegación clásica, que incluso tenía dos cañones y se había hecho un gran esfuerzo para disimular al máximo la presencia a bordo de los instrumentos de navegación modernos.

Según los documentos de la naviera, la *Rebecca* había atravesado el Atlántico durante el verano hasta el puerto de Le Havre, en Francia, ya que tendría que llevar a cabo algunos viajes en otoño por encargo de la compañía de viajes de aventura, que también era filial de Clairbone.

Y todavía más sorprendente que la *Rebecca* era el

Moon IV, un viejo petrolero monocasco que la naviera había comprado cuando sus anteriores propietarios tenían la intención de desmantelarlo. El navío había sido restaurado y acondicionado, no para transportar petróleo y ni siquiera para navegar, sino para utilizarlo de laboratorio flotante de la compañía farmacéutica que dependía también de Clairbone. Uno de los documentos que Ferran encontró era un informe sobre las ventajas de mantener el barco anclado en aguas internacionales, aunque los aspectos legales del tema eran demasiado complicados y el chico no perdió el tiempo con él.

Comunicó sus descubrimientos a Mandy y se retiró discretamente, esperando no haber llamado la atención de nadie.

* * *

A la mañana siguiente, la *Sans-Quartier* continuaba navegando con rumbo oeste-sur-oeste, con un viento favorable que había permitido izar la gavia al mastelero de mayor y mantener las cangrejas completamente desplegadas. La proa cortaba el agua casi con alegría, como si quisiera hacernos olvidar las dudas, las sospechas y la desconfianza.

Estaba cerca de la proa, contemplando el gris del horizonte donde el cielo y el mar se confundían, cuando Yolanda se acercó a mí y se sentó en la regala, agarrándose a un barbiquejo del botalón, sin hacer caso a las salpicaduras de las olas que, de cuando en cuando, llegaban hasta allí.

—¿Has pensado en ello, Olonés? —me preguntó,

evidentemente decidida a continuar la discusión sobre los piratas que habíamos iniciado en La Guette.

—No mucho. Pero no he cambiado de opinión, en cualquier caso.

—¡Ja! Pues sí que tienes tú las ideas claras. Eres un tío serio —e, inesperadamente, añadió—: ¿Has leído *La Isla del Tesoro*?

—Los piratas no escondían tesoros —corté yo.

—Flint lo hizo. A menos que fuese una excusa para evitar la horca.

—No he leído *La Isla del Tesoro* — continué, sin darme por vencido.

—Tendrías que hacerlo. Así empezarías a entender unas cuantas cosas. Porque a todos los lectores les sucede lo mismo que al niño protagonista, Jim Hawkins, con el viejo pirata John Silver. Jim sabe que Silver es mentiroso, cruel, sanguinario, traidor, que no dudará ni un instante en matarle si eso le reporta algún beneficio..., pero al mismo tiempo no puede evitar admirarle, porque es fuerte, valiente, aventurero y también irresistiblemente simpático e interesante.

Me apoyé donde empezaba el bauprés, justo frente a ella. La seguridad con la que hablaba, igual que si quisiera impartir una lección, me resultaba irritante, pero al mismo tiempo, quizá en una paradoja parecida a la de Jim Hawkins, me atraía: era el tipo de seguridad y de firmeza que siempre había echado de menos en las chicas que había conocido.

—Entiendo qué quieres decir, pero no es eso lo que me molesta. Me molestan los piratas románticos y llenos de nobles sentimientos o que sólo utilizan la violencia de manera justificada. Y los piratas simpáticos y pintorescos de los cuentos infantiles. Y...

—¡Ja! ¡Yolanda di Ventimiglia te debe de caer fatal! —saltó Yolanda.

Yo también me reí.

—Yolanda quizá no, pero sí muchos compañeros de armas de su padre, que se llamaban como algunos piratas históricos, pero no tenían nada que ver con ellos. ¡Aventureros llenos de elevados sentimientos, ya ves tú!

—El Olonés, Morgan, Monbars, Miguel el Vasco... —recitó Yolanda, que parecía dispuesta a demostrarme que era una gran lectora—. Ya... De todas formas, ¿tú no lo has deseado alguna vez?

—¿Deseado alguna vez, qué?

La mirada de la joven se alzó hacia la arboladura, hacia las velas tensas bajo el impulso del viento, los estays y los obenques que resonaban como cuerdas de violín, y bajó después hacia aquel mar gris cuya espuma nos salpicaba de vez en cuando, sentados allí, en la proa.

—Hacer lo que hacían ellos —dijo con tono soñador—. Izar la bandera negra en lo alto del mastelero de mayor y declarar la guerra al mundo. Eso es lo que simboliza el pirata: la libertad del mar, la aventura, el desafío a cualquier ley y a cualquier autoridad. Y, muchas veces, es más importante lo que simbolizan las cosas que lo que son en realidad.

—No, nunca lo he deseado.

Ella se esforzó en reír, pero su voz sonaba vagamente decepcionada.

—Tal vez es que tienes otros modelos —dijo—. ¡Ja! ¡Me parece que te va más Warren Teach que Edward Teach! Quieres ser un triunfador en tierra y no un anarquista en el mar.

—¿Tan mal lo encuentras? —aquella conversación empezaba a molestarme.

Yolanda saltó de la regala y se plantó delante de mí para soltarme, a pocos centímetros de la cara:

—Pues mira, yo me pregunto si tu gran ejecutivo americano está tan satisfecho de sí mismo como parece y como se esfuerza en demostrar su apariencia. Porque si de verdad lo está, no acabo de entender qué ha podido impulsarle a embarcarse en un negocio como éste.

Y me dejó con la cabeza hecha un lío mientras se alejaba a grandes zancadas hacia la popa. Miré a mi alrededor, desorientado, y sólo encontré los ojos exageradamente blancos del marinero delgado y altísimo de la primera noche que comprobaba unas cabillas en el trinquete, observándonos con inquietante curiosidad.

Durante el resto del día no pasó nada importante. Yolanda me evitaba; Donatien mantenía su postura de desconfianza hacia todo lo que rodeaba aquel viaje y empezaba a hablar seriamente de la posibilidad de amotinarnos y exigir explicaciones; Warren continuaba adoptando la actitud de un aventurero optimista, como si la cosa no fuese con él; y el capitán Evans mantenía su mutismo sobre el objetivo del viaje, aunque a la hora de cenar nos aseguró que, a la mañana siguiente, llegaríamos a «algún sitio».

Fuimos a dormir con la esperanza de que el día siguiente traería la respuesta a nuestras preguntas.

Pero a la mañana siguiente, al despuntar el día, nos despertó una voz potente que provenía de cubierta.

Aún medio dormido, tardé un poco en darme cuenta de que era la voz de Warren Teach.

—Todo el mundo a cubierta —gritaba—. ¡Bonny! ¡Olonés! ¡Monbars! ¡Todo el mundo a cubierta! ¡Zafarrancho de combate!

Salté de la litera en el mismo instante en que mis dos compañeros también lo hacían, con el desconcierto pintado en el rostro.

11. La Tripulación del Pánico

Salimos a cubierta en tropel y encontramos a Warren todavía gritando en el castillo de popa de un barco desierto. En su cara y su actitud no quedaba ni rastro del hombre lleno de confianza en sí mismo y con tendencia a mirar las cosas un poco de lejos que había conocido. Muy al contrario, su aspecto era el de alguien que acababa de descubrir que ha sido cruelmente engañado.

—¡Han desertado! —nos soltó cuando nos vio aparecer, todavía con sueño en los ojos—. ¡Los malditos piratas han desertado!

Tardé unos momentos en comprender el sentido exacto de sus palabras. Enseguida, sin embargo, dirigí la mirada al combés, donde los dos botes habían desaparecido, al mismo tiempo que constataba que no había nadie más en cubierta. Inmediatamente seguí la mirada a Donatien, fija en la arboladura, para descubrir que el velamen había sido recogido y amarrado.

Íbamos a la deriva a palo seco, a bordo de un barco abandonado.

—Monbars tenía razón —escuché, en medio de mi estupor, que decía Warren—. ¡Tendríamos que habernos amotinado ayer y haberles obligado a hablar!

—Ahora es tarde para eso —respondió Donatien, yendo hacia la borda como si aún esperase ver los botes alejándose—. Tenemos que decidir qué hacemos.

Alrededor de la goleta, el mar estaba completamente desierto. El día se levantaba bastante despejado, pero algunas nubes se acercaban por levante. Yolanda, la única de nosotros que realmente tenía experiencia práctica en aquel tipo de barcos, dirigió una mirada llena de preocupación hacia el cataviento del palo mayor, el pequeño gallardete que sirve para indicar la fuerza y la dirección del viento.

—De entrada, tenemos que poner la goleta en facha antes de que un golpe de viento nos dé un disgusto. ¡Barbanegra, a la rueda! ¡Los demás, a proa!

Bajamos al combés y corrimos a proa siguiéndola. Todos sabíamos perfectamente que, en aquellas circunstancias, sin gobierno, si un golpe de mar nos cogía de través podíamos tener problemas. Era urgente, pues, desplegar las velas triangulares de proa para que el barco tomase viento y así Warren pudiese maniobrar con el timón para situarlo contra el viento de forma segura.

—Monbars, Olonés: ¡a las drizas del foque y el petifoque! ¡Esperad la señal! —ordenó Yolanda mientras se subía al bauprés para comprobar que las velas estaban a punto para ser desplegadas—. ¡Ahora! —gritó al saltar de nuevo a cubierta.

Donatien y yo empezamos a tensar las drizas. Los

juegos de poleas, a pesar de su primitivo aspecto, trabajaron con eficiencia y, en pocos minutos, Yolanda se dispuso a cazar las escotas para orientar las velas. Una ráfaga de viento las hinchó y vimos cómo, en popa, Warren hacía girar la gran rueda del timón. Dócilmente, la goleta viró contra el viento y se quedó inmóvil.

—Ahora ya me encargo yo de la rueda —se ofreció Yolanda—. ¡Vosotros registrad el barco, a ver si conseguimos entender alguna cosa!

Entre los tres recorrimos la goleta de proa a popa, empezando por la entrecubierta y los diferentes compartimentos de la sentina, y acabando por las cabinas del castillo de popa. Lo revisamos todo atentamente, temiendo a cada instante encontrar a alguien escondido en cualquier rincón. Pero no había nadie, y no tardamos en regresar a cubierta sin ninguna explicación razonable para lo que había sucedido aquella noche, pero con unos cuantos descubrimientos interesantes.

—La cabina del capitán está vacía —le explicó Donatien a Yolanda—. No hay ni instrumentos de navegación, ni cartas, ni el diario de a bordo, ni ninguna documentación. Y es verdad que no hay ni radio ni radar ni GPS, como no fuesen portátiles y se los hayan llevado; sólo tenemos la brújula de la bitácora —y señaló la gran caja que había al lado de la rueda del timón—. Aparte de eso, hay provisiones y recambios de todo tipo. ¡Esta goleta podría atravesar el Atlántico!

—¡Ja! —estalló Yolanda—. Me conformo con llevarla a cualquier puerto y presentar una denuncia a las autoridades.

—Eso no es todo —continué yo—. Hemos encontrado una pequeña santabárbara, muy bien protegida, con unas cuantas cajas de pastillas de pólvora prensada —y, diciendo esto, miré hacia el combés—. Los cañones son de verdad —añadí, como si fuera preciso decirlo.

—Ya no nos viene de una cosa rara más... —refunfuñó la chica—. ¿Hay algo más?

—Que, aparte de los cañones, no hay armas a bordo —informó Warren—. Incluso se han llevado los cuchillos de la cocina. Y puestos a llevarse cosas, también nos han registrado el equipaje. Faltan los teléfonos móviles y una navaja pequeña que llevaba el Olonés. No quieren que tengamos manera de comunicarnos...

—Ni de defendernos, excepto a cañonazos —añadí yo—. Pero defendernos..., ¿de qué?

En el silencio que siguió a mis palabras, los cuatro paseamos una mirada inquieta por el mar desierto. Sólo el silbido del viento entre los obenques y el chapoteo del agua contra las amuras rompían aquella calma, un tanto siniestra. En algún lugar, muy lejano, retumbó un trueno. Y entonces, como respondiéndole, Donatien se echó a reír.

—¡Demonios! ¿Qué es lo que nos da tanto miedo? ¡Si tendríamos que ser nosotros los que diésemos miedo! ¡Somos la Tripulación del Pánico!

—¿Que somos qué? —pregunté yo, sospechando que aquello no sería nada más que otra broma de piratas de las que tanto me molestaban.

—¡La Tripulación del Pánico! —exclamó él, entusiasmado—. Imagínate que alguien hubiese oído hablar, en el siglo XVIII, de la tripulación de una goleta que reuniese unos apellidos como los nuestros: ¡Bonny, Teach, Nau, Monbars! Sólo la idea de un barco con una tripulación parecida habría llenado de terror los siete mares! ¿Y vamos a dejarnos impresionar ahora porque nos han abandonado sin instrumentos de navegación? ¡Nada de eso! Maniobra general, viremos de bordo, llevemos la goleta a puerto y demostremos que no nos asustamos. ¡Bonny, da las órdenes!

Las palabras de nuestro compañero nos arrancaron de aquella apatía que no nos podía llevar a ninguna parte. Efectivamente, descendientes de piratas o no, el caso era que dos de nuestros compañeros tenían bastante experiencia náutica y los otros dos, conocimientos teóricos suficientes como para maniobrar la goleta entre todos. Por lo que respecta a la orientación, bastaba con poner proa al este, hacia Francia e incluso podíamos pedir ayuda a la primera embarcación que encontrásemos. Haciendo un esfuerzo de memoria, recordé la señal del código internacional de banderas para pedir a otra nave que nos diese nuestra posición: «FA».

—¡Venga, a las drizas de las cangrejas! —saltó Yolanda, asumiendo de nuevo el mando—. ¡Arriba la mayor! ¡Preparados para virar!

Unos minutos después, la goleta, con los foques y las cangrejas desplegados, navegaba de bolina hacia el este, plantando cara a un viento contrario que llenaba de salpicaduras de espuma la cubierta de proa y hacía prever una larga lucha para llegar a puerto.

* * *

Su *nickname* era B. Samedi, y había aparecido de sopetón en un *chat* donde Ferran intercambiaba experiencias con otros piratas de la red y les pedía consejo. Aún no había podido hacer saltar las protecciones de la parte más reservada del sistema de la Sociedad Clairbone. Entre los muchos contactos de conocidos de todo el mundo, le había llamado inmediatamente la atención aquel desconocido que se ponía en contacto con él de la forma más contundente posible.

B. Samedi: ¿Estás interesado en Clairbone?

Al leer aquella frase, Ferran se había apresurado a cerrar todos los demás privados para centrar su atención en aquél, aunque aún no sabía si podía suponer una esperanza o bien una amenaza.

Cutthroat Lewis: ¿?

B. Samedi: Te he encontrado a través de Mandy, de Toronto.

Cutthroat Lewis: ¿De dónde eres?

B. Samedi: Nueva Orleans.

Cutthroat Lewis: ¿Qué buscas?

B. Samedi: Investigo a la Sociedad Clairbone. Tengo datos y pruebas sobre hechos recientes, pero nada sobre cosas de ahora mismo. No tengo ningún hacker *lo suficientemente bueno para atacarlos.*

A Ferran, furiosamente independiente como era, no le hizo gracia la insinuación.

Cutthroat Lewis: Trabajo solo.

B. Samedi: Yo no. Y creo que tú tampoco. Este asunto puede ser muy serio. Tienes a un amigo metido dentro, ¿verdad?

La pregunta puso en alerta a Ferran, pero decidió confiar un poco más en su interlocutor.

Cutthroat Lewis: Sí, ¿y tú?

B. Samedi: No.

Cutthtroat Lewis:¿Por qué investigas entonces?

No era la primera vez que Ferran encontraba a investigadores de la policía en el *chat*. Sabía por experiencia que a veces era bueno pasarles información, mientras que en otras ocasiones era mejor huir de ellos. La respuesta a su pregunta, sin embargo, no tuvo nada de convencional.

B. Samedi: Han hecho algo que nos ha molestado. Mucho. Los muertos se agitan en las tumbas.

Cuttthroat Lewis: Cuéntame más.

B. Samedi: No. Cuando me des información. Quiero una señal de confianza. Te buscaré en el chat.

E interrumpió la comunicación.

Ferran intuyó que su interlocutor estaba a punto de cortar y buscó desesperadamente una excusa para continuar la conversación.

Cutthroat Lewis: ¿Qué significa la «B»?

B. Samedi: ¿No lo sabes?

Cutthroat Lewis:¿Eres hombre o mujer?

B. Samedi: Ja, ja, ja.

Cutthroat Lewis: ¿Hombre o mujer?

B. Samedi: Lwa.

Cutthroat Lewis: ¿?

B. Samedi: Vudú.

Ferran se quedó mirando fijamente el monitor, respirando hondo, sintiéndose por unos momentos como si hubiese estado en contacto con un ser enormemente extraño, enormemente ajeno a su vida de cada día.

Su interlocutor había nombrado el vudú y recordaba que Edgar le había hablado una vez de su profesora particular de Matemáticas, que hacía de santera a ratos perdidos. ¿Ahora bien, tenía la santería algo que ver con el vudú? Ferran no tenía ni idea, pero sólo había una forma de averiguarlo.

Había llegado el momento de abandonar las cacerías virtuales para ir a hablar con una persona de carne y hueso, que tal vez podría darle una pista sobre lo que estaba pasando.

* * *

Hacia mediodía, después de navegar toda la mañana de bolina, con bordadas frecuentes, por un mar sin rastro de embarcaciones, Yolanda se decidió al fin a compartir sus preocupaciones:

—No me gusta esto —dijo, señalando las nubes que teníamos a proa y que habían estado creciendo a lo largo de toda la mañana.

—A mí tampoco —estuvo de acuerdo Warren—. ¿Reducimos vela?

—¡Ja! Diría que tenemos una tempestad encima.

Donatien y yo nos apresuramos a ir a las drizas de las cangrejas. La mañana había servido para familiarizarnos con los aparejos de la goleta y entre todos podíamos reducir el velamen en poco tiempo.

—¿Hay arneses de seguridad a bordo? —escuché que preguntaba Yolanda.

—Ni uno —fue la respuesta de Warren.

—Lo haremos al estilo clásico, pues: ¡amárrame a la rueda del timón, Barbanegra!

Warren, sin embargo, se negó a ello. Yolanda llevaba así toda la mañana y tenía que descansar, quisiera o no.

—¿Lo has hecho alguna vez? —le preguntó la chica con visible desconfianza.

—Tres veces, Bonny, y una de ellas en el Atlántico.

—Voy a buscar un cabo.

Pero Warren se negó de nuevo.

—No tenemos tiempo. Ayúdales a reducir e izad el aparejo de capa.

En el combés, Donatien y yo habíamos acabado de apagar el trinquete y Yolanda nos ayudó a afrenillarlo. Corríamos ya hacia el palo mayor cuando oí que me llamaba:

—¡Al pañol de velas, Olonés! ¡Necesitamos un foque y una vela de capa!

—Corrí hacia la escotilla de proa y bajé hasta el departamento de la sentina donde guardaban las velas de recambio, bien ordenadas y etiquetadas, para poder cogerlas con rapidez cuando fuese preciso.

Para cuando regresé a cubierta cargando los dos pesados paquetes de lona, la goleta se mecía cada vez con más violencia. La oscuridad cubría ya todo el cielo y el viento movía las aguas, no con las amplias olas que se deslizaban bajo la quilla, a las cuales ya me había acostumbrado, sino con unas masas de agua que amenazaban con crecer hasta ser más altas que la misma arboladura de la *Sans-Quartier*. La lluvia empezaba a caer.

Donatien y Yolanda habían acabado de afrenillar la mayor y me acerqué a ellos corriendo contra el viento.

—¿Sabes hacer nudos, Monbars? —preguntaba Yolanda.

Donatien respondió que sí.

—¡Pues corre a amarrar a Barbanegra a la rueda! ¡Y deséale suerte! ¡Olonés, la vela!

Entre los dos sacaron de la funda la vela de capa. Después, mientras yo sostenía la lona, ella, indiferente al viento, la pasó por el estay del mayor —el cable que impedía que el palo mayor pudiese caer hacia popa—, haciendo diversas pasadas con un cabo. Finalmente la izamos entre una lluvia cada vez más densa. Tomó viento inmediatamente y, a pesar de sus dimensiones reducidas, su efecto sobre el barco se notó al instante.

—¡A proa! —dijo entonces Yolanda.

Tuvo que chillar por encima del ruido ensordecedor del mar para que la oyéramos. Yo miré de refilón hacia popa y vi a Warren vestido con un impermeable y sólidamente amarrado a la rueda, mientras Donatien se apresuraba a cerrar todas las escotillas. Retumbó un trueno colosal y una fuerte ráfaga de lluvia los ocultó de mi vista. Corrí hacia la proa arrastrando el foque de capa, luchando por no perder el equilibrio en la inestable cubierta.

A medida que Warren se peleaba por encarar la nave al viento y mantenerla inmóvil cortando las olas, la goleta cabeceaba con más violencia. Yolanda y yo estábamos ya empapados de pies a cabeza y una y otra

vez, a cada paso, corríamos el peligro de ser arrastrados por un golpe de mar. Cuando llegamos a la proa corrí a arriar los foques mientras ella luchaba para desplegar la vela que habíamos sacado de su envoltorio y empezamos a aparejarla.

La escotilla de proa se abrió entonces un momento para dar paso a Donatien, que corría a ayudarnos, caminando inclinado hacia delante para luchar contra el viento.

Todo sucedió en un instante, tan deprisa que ninguno de nosotros tuvo tiempo de reaccionar. Una ola atrapó de través la goleta. Yolanda perdió el equilibrio y cayó hacia la amura de babor dejando escapar el foque de capa. Y yo, mal asegurado cerca de la raíz del bauprés, cobrando frenéticamente las drizas del petifoque, vi volar hacia mí la lona desplegada, como un murciélago descomunal que me caía encima, me envolvía y casi me hacía caer.

En la proa de la *Sans-Quartier*, entablé un solitario y desesperado combate, cegado y desorientado por la lona que me cubría, por el estrépito de la tempestad y por las zambullidas de la goleta. Me agarraba desesperadamente a la driza con una mano, sabiendo que estaba suelta y no me podía ofrecer demasiada seguridad, y con la otra buscaba a tientas algún cabo o lugar firme donde asirme. Era consciente de que corría un gran peligro: entorpecido por la lona y en equilibrio en el extremo de la proa, una nueva guiñada o un golpe de mar me podían tirar por la borda en cualquier momento. Pero, al mismo tiempo, sabía que la seguridad de la nave dependía en buena parte del foque de capa, y no podía limitarme a librarme de él y dejar que volase.

Y allí, en unos momentos que se me hicieron eternos, mientras intentaba librarme de la vela sin soltarla y buscaba un punto donde agarrarme con más firmeza, pensé en lo frágil que puede llegar a ser nuestra existencia. En un instante, mi futuro, todo lo que había luchado y trabajado a lo largo de mi vida, dependía de un hecho tan puntual y aparentemente trivial como mi equilibrio sobre un conjunto de tablas mojadas que la tempestad sacudía. Un tropiezo, un resbalón que en cualquier otra situación no tendría la menor trascendencia y mi existencia no habría servido de nada y acabaría truncada de la manera más absurda. ¡Cuántas cosas serias e importantes dependían ahora de mi simple equilibrio, de una vulgar acrobacia de saltimbanqui!

Se escuchó un estallido de tela rota y noté que caía hacia delante. Comprendí que el petifoque se había roto y que la driza que me sostenía había cedido, haciéndome perder el equilibrio. Entonces algo me atenazó los tobillos y oí entre la tempestad la voz de Donatien, alegre como siempre:

—¡Ya lo tengo! ¡Aparéjala!

Y la respuesta de Yolanda justo sobre mí:

—¡Iza! ¡Iza!

El tirón de un cabo me sacó el foque de capa de encima y lo vi flamear y coger viento.

—¡Cázalo, Bonny, cázalo! —chillaba Donatien.

Pero ya no era necesario. Yolanda había cobrado la escota del foque y la había asegurado. Ahora se inclinaba para ayudarme a levantar. Tenía el labio inferior muy hinchado y la cara llena de sangre, que se diluía con la lluvia.

—¿Qué ha pasado? —pregunté a gritos.

—¡Que Monbars, además de buen marinero, es un buen jugador de rugby! —gritó ella, mientras me arrastraba hacia la escotilla—. ¡Te ha hecho un placaje perfecto después de salvarme a mí de caer por la borda!

Me incorporé a medias y fui como pude hasta la escotilla. Estaba aturdido y mis dos compañeros no se sentían mejor que yo. Nos dejamos caer por la escalera y Donatien ajustó la escotilla bajo un verdadero diluvio de agua salada.

—Y tú también has hecho una buena jugada, Olonés —me felicitó Yolanda, cuando estuvimos a cubierto en el entrepuente—. Más de uno, con mucha más experiencia, habría dejado que la vela se perdiese.

—¿Y ahora qué? —preguntó Donatien, después de cortar con un gesto de irritada modestia mi intento de darle las gracias.

—Ahora la goleta está a la capa, con Barbanegra a la rueda manteniéndola contra el viento —explicó Yolanda—. Y lo está haciendo muy bien. No podemos hacer otra cosa que esperar.

12. *La voz del* lwa

Localizar a Fernanda fue muy sencillo. Por una parte, porque recordaba que Edgar le había comentado más de una vez que vivía justo en el piso de abajo al suyo. Por otra, porque su teléfono salía cada quincena en el boletín del barrio en un pequeño anuncio en el que ofrecía sus servicios como echadora de cartas, experta en conjuros amorosos y para romper maleficios de todo tipo.

La telefoneó sintiéndose vagamente ridículo y sin saber muy bien qué iba a explicarle. Por teléfono le dijo parte de la verdad: que era amigo de Edgar y que quería hacerle una consulta sobre su viaje.

Le citó aquella misma tarde. Por lo que se veía no tenía la agenda demasiado llena. Tal vez era porque el invierno no es la mejor época para los conjuros amorosos o sencillamente la economía de la gente del barrio no estaba como para echarse las cartas con demasiada frecuencia.

Cuando a media tarde de aquel sábado Ferran llamó a la puerta de la casa de Fernanda, en un rellano estrecho y poco iluminado, con la pintura de las paredes desconchada y olor a coliflor cocida flotando en el aire, no las tenía todas consigo. No tenía ni idea de cómo plantear las preguntas y menos aún cuál sería la reacción de la mujer. De hecho, ¿qué le iba a decir? ¿Que había ido a hablar con ella porque había conocido en el *chat* a un personaje muy extraño que tenía como *nickname* «B. Samedi», que no era ni hombre ni mujer, sino *lwa* —ignoraba qué podía significar— y había nombrado el vudú? ¿Que le consultaba a ella porque le parecía que el vudú y la santería tenían algo que ver ya que le sonaba de una *peli?* ¿Que tenía miedo de que Edgar fuese víctima de una especie de complot internacional o estafa que tenía como víctimas a descendientes de antiguos piratas? Estaba claro que no podía plantear las cosas de aquella manera. Y, sin embargo, aquello era la pura verdad.

—¡Vaya! —oyó que le decía una voz cálida y profunda frente a él—. Tú debes de ser el amigo de Edgar, ¿verdad? ¿El que quiere hacer consultas sobre viajes?

Ferran asintió mientras notaba que se ponía colorado. Absorto en sus pensamientos, no había oído que la puerta se abría. Por un instante tuvo la tentación de echar a correr escaleras abajo y dejar atrás aquella situación, pero se contuvo.

—Sí —contestó tímidamente—. Soy yo.

—¡No te quedes en la puerta, hombre! Pasa, pasa adentro. Tengo el consultorio aquí mismo.

La siguió al interior del piso, iluminado con bombillas de baja potencia. Fernanda era una mujer de mediana edad, alta, ancha de espaldas, de piel negrísima y ojos grandes y amables medio escondidos bajo una cabellera rizada y grisácea. Iba vestida con una túnica multicolor que parecía más propia de una mujer africana y Ferran imaginó que sería, por decirlo de alguna manera, su indumentaria profesional como santera.

Le hizo pasar a una habitación pequeñita que servía de consultorio, una sala de paredes y techo forrados con telas negras e iluminada por un juego de bombillas de luz tenue que creaban un extraño ambiente. El único mobiliario de la pieza era una vieja mesa redonda, tres sillas y dos cofres pequeños, arrinconados, que insinuaban todo tipo de misterios. Fernanda se sentó en una de las sillas y le señaló otra.

Ferran obedeció el gesto maquinalmente y se quedaron sentados frente a frente, mirándose, sin decirse ni una palabra.

—Puedes tomarte tu tiempo —le dijo ella, y viendo que él no hacía ningún gesto, añadió—: Quizá te da miedo esto tan oscuro.

Ferran sonrió nervioso y negó con la cabeza.

—¿Te arrepientes de haber venido? ¿O no sabes cómo preguntar lo que has venido a preguntar?

—No sé por dónde empezar.

Fernanda le dedicó una sonrisa llena de comprensión. La mayoría de las personas que acudían a ella no tenía fe ni en la santería ni en los horóscopos o el tarot, que mezclaba sin manías. Sencillamente necesitaban a alguien que se sentase con ellos y les escuchase sin poner cara de aburrimiento y sin ofrecerles nada más que alguna palabra amable o algún consejo discreto. No iban a ella por sus brujerías, sino porque era más barata que un psicólogo y escuchaba más tiempo que el médico de la Seguridad Social. Pero, a la mayoría, les resultaba difícil empezar.

—¿Quieres que empiece yo? ¿Tal vez has discutido con Edgar? —Fernanda intuyó el asentimiento en los ojos de Ferran y continuó—: A lo mejor hay una chica de por medio… A vuestra edad con frecuencia hay una chica de por medio.

Ferran negó con la cabeza, miró fijamente a Fernanda, tan atenta, tan dispuesta a escuchar, y de pronto, sin habérselo propuesto, sin haber imaginado antes ni por un instante que llegaría a hacerlo, empezó a explicárselo todo desde el principio. Absolutamente todo lo que sabía: sus diferencias con Edgar, la Sociedad Clairbone, el viaje, el entusiasmo de uno y la desconfianza del otro, sus actividades como pirata de Internet, su encuentro en el *chat*... Luego, sin que viniese a cuento, le habló de Mandy y del ataque de aquel servidor que distribuía pornografía infantil y de cómo sospechaba que lo que le había sumergido en el mundo virtual era el poco caso que creía que le hacían sus padres, la poca importancia que daban a sus cosas, su propia dificultad para comunicarse de palabra... Porque incluso los cazadores solitarios de Internet, los adeptos a las amistades a larga distancia, necesitan a veces, cuando soplan vientos contrarios, un brazo fuerte que les sostenga y les conforte.

Cuando terminó y echó una mirada al reloj, descubrió sorprendido que había estado hablando casi tres cuartos de hora. Fernanda tenía los ojos entornados y golpeaba rítmicamente la mesa con el índice de la mano derecha.

—Deja que te diga algo —murmuró—. Eres un gran tipo, Lewis. Edgar tiene suerte de tener alguien así a su lado. Su madre ya me había explicado unas cuantas cosas de ese trabajo, pero no se me había ocurrido planteármelo como lo has hecho tú... Y visto así, debo reconocer que no tiene muy buena pinta.

Calló y se hizo un incómodo silencio en la sala de paredes forradas de negro. Ferran, incongruentemente, se preguntó dónde estaba el gato. Por fuerza tenía que haber un gato en alguna parte...

Al fin Fernanda habló.

—Me da miedo que tengas razón y que haya algo turbio en todo esto. O algo peligroso. Y tu «B. Samedi» puede ser una ayuda o una amenaza. No lo sé... Ya intentaremos descubrirlo...

A Ferran le brillaron los ojos al escuchar el plural. ¿Aquello significaba que le ayudaría?

Pero el discurso de Fernanda iba por otra parte.

—¿Sabes lo que es el vudú, muchacho? ¿Y la santería?

—Más o menos... —Ferran no sabía cómo responder—. Son las creencias de las Antillas, ¿no?, aquellos bailes rituales que terminan con los participantes echándose por el suelo como poseídos por un espíritu y todo aquello de los zombis que se levantan de la tumba, y los muñecos con agujas clavadas para hacer maleficios —acabó soltando, sin saber si estaba diciendo una sarta de tonterías.

—No está del todo mal —aprobó Fernanda.

Respiró profundamente y empezó a explicar, en un tono que no podía evitar ser misterioso:

—Básicamente, todo viene de lo mismo y todo va a lo mismo. *Santería* en Cuba. *Vudú* en Haití. *Candomblé* en Brasil. *Obeayisne* en Jamaica. *Shango cult* en Trinidad. Los espíritus de África atraviesan el mar hacia América, siguiendo la ruta de la deportación de los esclavos. El vudú es el mantenimiento de las creencias y de los rituales africanos por parte de los esclavos que los europeos llevaron a las colonias americanas, con frecuencia disfrazado todo ello con una capa de cristianismo para disimular. Estos sistemas de creencias no podían ser trasplantados tal cual, porque los esclavos tenían orígenes muy diferentes. Por eso se creó en cada lugar una especie de religión de síntesis.

—Entiendo...

—No, no lo entiendes. Nadie lo puede entender con facilidad. Es un fenómeno complejo. Incluso dentro del vudú hay tres corrientes, tres rituales diferenciados según los espíritus a los que se rinde culto. El rito Rada honra a los espíritus que tienen su origen en Dahomey, que también se conocen como espíritus de Guinea. El rito Kongo corresponde a los espíritus de origen bantú. Finalmente, el rito Petro rinde culto a los espíritus de la misma colonia de Santo Domingo. Pero la separación no es rígida. El vudú es una religión sin rituales fijos ni dogmas. Y lo que debes comprender, sobre todo, es lo que hay detrás: la angustia y el horror de miles de hombres y mujeres arrancados de su tierra y llevados a un mundo que les era completa-

mente extraño, obligados a trabajar como bestias hasta su muerte, que no tardaba demasiado en producirse. De promedio, un esclavo negro sobrevivía en las colonias sólo unos siete años. El vudú, en sus orígenes, fue una terrible necesidad.

—¿Y aquello del *lwa?*

—Los *lwa* son los espíritus. Los *oungan* y las *manbo,* los sacerdotes y sacerdotisas vudú, los invocan en las ceremonias. A veces, durante los bailes rituales, pueden poseer a uno de los bailarines y hablar por su boca. Entonces se dice que la persona poseída hace de caballo y el *lwa* es el jinete. El más importante de los *lwa,* el cabecilla de todos los demás, es Papá Legba, que es quien tiene el poder de abrir la barrera que separa lo natural de lo sobrenatural. En la santería, lo denominamos Ogu o Elegba.

Ferran miró fijamente a su interlocutora, preguntándose si ella creía realmente en aquellos rituales africanos. ¿Había contactado con él alguien que aseguraba que era un *lwa* vudú? Bien, al fin y al cabo, aquello no tenía nada de especial: su *nickname* era el nombre de un pirata y eso tampoco le convertía en un ser extraño.

—¿Y qué significa «*B. Samedi*»? ¿Es un *lwa?*

Los ojos de Fernanda brillaron en la penumbra.

—Uno de los más poderosos. El Barón Samedi o Barón La Croix, jefe de la familia de los *lwa* Gedé, es el *lwa* de la muerte y los cementerios, señor de los cruces de caminos. Es un hombre desmesuradamente alto y delgado, de aspecto cadavérico, con sombrero de copa y gafas de sol. Si se quita las gafas, tiene la mirada vacía de un muerto o la desorbitada de un loco.

—¿Y cómo debo tratarle? —preguntó Ferran.

Inmediatamente, al darse cuenta de lo que acababa de decir, añadió:

—Quiero decir, ¿cómo debo tratar al individuo ese del *chat*?

—Te daré un conjuro —ofreció Fernanda, con toda la seriedad del mundo—. A cambio, sólo te pido que me mantengas informado. Todo esto no me gusta nada en absoluto.

Un rato después, cuando se despedían en la puerta, Fernanda no pudo contener la curiosidad.

—¿Por qué no estás enamorado de Mandy? —le soltó sin embudos.

Ferran se quedó con la boca abierta.

—Sí, lo que oyes. De toda la historia que me has explicado, es el único detalle que no me encaja. La admiras, la respetas, confías ciegamente en ella... ¿Por qué no estás enamorado?

Ferran bajó la cabeza y se puso colorado sin querer.

—Es lo que tienen las amistades a larga distancia... —murmuró.

Fernanda, sin embargo, insistió:

—¿No dicen que el amor supera todas las fronteras? ¿Cuál es el problema? ¿Es fea?

El chico aún se puso más colorado.

—Es guapísima.

—¿Entonces? ¿El problema es tuyo?

Ferran alzó la cabeza y la mujer pudo ver entonces con más claridad, a la luz del rellano, que el rubor no era de timidez, sino de una risa mal contenida.

—El problema —dijo muy serio— es que, precisamente, hace un par de semanas me confesó que la foto que me había enviado no era la suya, sino la de una prima universitaria. Después me envió una foto suya de verdad. Y el amor sería imposible —pronunció esta última frase con una solemnidad de telenovela que hizo reír a la mujer.
—¿Por qué imposible?
—¡Porque tiene diez años! —y Ferran no pudo contener la carcajada por más tiempo.

* * *

En la *Sans-Quartier*, la tarde se hizo interminable. El mar enfurecido acometía una y otra vez contra la goleta, la zarandeaba sin parar y todo lo que no había sido correctamente amarrado volaba por los aires y se rompía con estrépito contra las mamparas. La nave, sin embargo, no corría peligro: las velas de capa habían sido correctamente desplegadas y, con el timonel manteniéndola contra el viento, rompía olas que habrían podido hacer zozobrar a navíos mayores.

Pasadas dos horas, Donatien y yo relevamos a Warren, ya que nuestros compañeros no permitieron que ninguno de los dos hiciera la guardia solo. Lo más duro de la tempestad ya había pasado y mantener la nave en facha no nos supuso, ni mucho menos, la lucha que le había supuesto a él.

Al llegar la noche, los cuatro estábamos mojados y helados, pero llenos de orgullo del que ha plantado cara a las fuerzas de la naturaleza y las ha vencido.

Después de cenar establecimos las guardias para

pasar la noche. Por precaución, nos mantendríamos a la capa hasta que fuese de día. Entonces, con la esperanza de no encontrar mal tiempo, nos encararíamos hacia las costas francesas.

A punta del alba, el grito de Donatien, encargado de la última guardia, nos sacó del pesado sueño de agotamiento. Aquella mañana, por suerte, no fue un grito de angustia lo que nos despertó, sino una voz llena de esperanza.

—¡Atención abajo! ¡Dos velas a barlovento, por la amura de estribor! ¡Todo el mundo a cubierta!

13. Abordaje

Tras la tempestad, el océano en calma brillaba bajo los primeros rayos de sol y reflejaba un cielo nítido, un cielo como sólo proporcionan algunas mañanas claras de invierno, cuando parece que el aire se haya helado para hacer más intensa su transparencia. La lluvia de la noche se había helado en la jarcia y los trispastos de las drizas de barlovento todavía mostraban delicados dibujos blancos que se fundirían tan pronto el sol adquiriese fuerza. En aquella serenidad, incluso el húmedo frío del mar adquiría una cualidad vigorizante. Nos llenábamos los pulmones de un aire salobre que nos hacía sentir más fuertes y más despiertos.

Efectivamente se veían dos velas a barlovento que parecían dirigirse hacia nosotros. A aquella distancia, aún no era posible estar seguros de qué tipo de embarcación se trataba. Mucho más lejos, una embarcación mayor, quizá un gran yate de recreo se alejaba de nosotros hacia el oeste. Sin prismáticos ni catalejos a bordo, teníamos que confiar en los ojos desnudos para descubrir las características de las naves que se acercaban.

—Demasiado pequeñas para estar en alta mar —opinó Warren, que forzaba la vista protegiéndose los ojos con la mano haciendo visera, apoyado en la regala—. Quizá haya habido algún naufragio o el viento los ha alejado de la costa.

—Voy a ver —dijo Yolanda.

Saltó a la regala y empezó a trepar por los flechastes del trinquete por el lado de barlovento. Por un momento se me encogió el corazón: no soy propenso al vértigo pero trepar por el cordaje de un velero en alta mar no es lo mismo que hacerlo en tierra: a pesar del mar en calma, la goleta se mecía y, como es natural, cuanto más arriba, mayor era el balanceo.

Yolanda, sin embargo, parecía acostumbrada a este tipo de ejercicio y pronto alcanzó la cruceta del trinquete, agarrada al mastelero y escudriñando el mar.

—¡Cubierta! —gritó—. ¡Son dos barcas como las que llevábamos a bordo! ¡No sé si son las mismas!

Nos miramos extrañados e indignados. ¿Era posible que la tripulación de la *Sans-Quartier*, sorprendida por la tempestad, regresase ahora para pedirnos ayuda?

—¡No puede ser! —saltó indignado Warren—. ¡Desertan, nos dejan solos a bordo sin botes de salvamento en medio de una tempestad y ahora regresan! Me dan ganas de poner los cañones en batería y recibirlos con una andanada de metralla!

—¡Que no estamos en el siglo XVIII, Barbanegra! —gritó Yolanda, que lo había oído.

—Pues en momentos como éstos, lo siento —fue la respuesta.

A medida que las velas se acercaban y la silueta de las barcas se empezaba a distinguir con más claridad, aumentaba el nerviosismo a bordo de la goleta. Si de verdad se trataba del capitán Evans y su tripulación, ni nosotros mismos sabíamos con qué cara debíamos recibirlos a bordo. En cambio, si se trataba de gente que necesitaba ayuda, tendríamos que hacer vela inmediatamente hacia ellos para recogerlos.

—¡Cubierta! —gritó Yolanda desde la cofa—. No son nuestros botes. Son parecidos pero hay demasiada gente en ellos como para que lo sean. Tal vez treinta personas en total. Navegan hacia aquí pero no parece que hagan señales ni nada, como si no nos viesen.

—¿Izo? —preguntó Warren desde cubierta.

—¡Un momento, Barbanegra, un momento!

Con una velocidad que cortaba el aliento, Yolanda bajó por los flechastes hasta llegar a cubierta a nuestro lado. Su mirada iba alternativamente de las barcas a la grímpola y de ésta al aparejo.

—Los tenemos a barlovento —concluyó—. Si nos quedamos en facha podrán llegar sin esfuerzo hasta nosotros.

Ahora las barcas eran perfectamente visibles, con los tripulantes dándonos la espalda, excepto el que, sentado en el banco de popa, llevaba la caña del timón y vigilaba la escota de vela. Eran en total unos treinta, tal vez más, y parecían vestidos con viejas blusas de marinero, como si las barcas fuesen también una réplica de embarcaciones de tiempos pasados.

Ya las teníamos muy cerca cuando escuchamos que alguien daba una orden. Inmediatamente, los tripulantes alzaron los remos y los fijaron a los escálamos. En los bancos de proa de cada barca, dos marineros se volvieron hacia nosotros mientras los timoneles empezaban a estirar una driza.

En el momento en que los remos tocaron el agua, una bandera subió hasta lo alto de cada palo.

Ahogamos un grito de sorpresa.

Era una bandera negra con la calavera y las tibias. Las barcas se preparaban para el abordaje, a toda vela y con los remos batiendo el agua.

* * *

Ferran entró aquella noche a su *chat* habitual, punto de reunión de *hackers* de todo el mundo, con la extraña sensación del que llega a un lugar que le es familiar y lo encuentra sutil pero radicalmente cambiado. Porque aquella noche no abriría la conversación con sus interlocutores de la manera habitual, sino siguiendo las instrucciones que le había dado Fernanda.

El nombre de «B. Samedi» estaba presente en el listado de usuarios de casi todos los canales temáticos, como si quisiera hacerse visible para ser fácil de localizar. Ferran extendió sobre la mesa el papel que le había dado la santera, abrió un privado y tecleó, intentando no equivocarse, unos versos incomprensibles:

Cutthroat Lewis:
Papa Legba ouvri bayè-a pou mwen
pou mwen pase

lè ma tounen, ma saliyé lwa *yo.*
La respuesta fue inmediata.
B. Samedi: ¿Qué traes?
Cutthroat Lewis: Una cabra negra. Una gallina negra. ¿Qué más tengo que traer?
B. Samedi: Arenques salados.
Cutthroat Lewis: Los traeré el sábado en honor de los Gedé.

Era el diálogo más extraño que Ferran había mantenido en Internet, pero su finalidad era evidente. Los dos interlocutores se estaban identificando y se estaban demostrando el uno al otro que sabían de qué y de quién estaban hablando.

B. Samedi: ¿Has encontrado un oungan*? ¿Hay alguno en tu país?*
Cutthroat Lewis: Una manbo, *en realidad. De hecho, una santera. Dice que tengo que intentar confiar en ti, Barón.*
B. Samedi: Te ha aconsejado bien. Este asunto puede ser muy serio. Si realmente puedes entrar en aquellos ordenadores, tú mismo podrás juzgarlo. Yo tengo..., nosotros tenemos, muchas más pruebas, pero las que tú puedas conseguir sobre lo que están haciendo ahora serán vitales para completar un expediente que haga que las autoridades intervengan.
Cutthroat Lewis: ¿Qué querías decir con aquello de que los muertos se agitaban en las tumbas?
B. Samedi: Pronto lo descubrirás tú mismo. Están haciendo que se agiten.

Cuando se despidieron y cortaron la comunicación, Ferran se quedó un rato en silencio delante del monitor con los ojos clavados en su bandera pirata, como si la estuviese izando mentalmente antes de lanzarse al abordaje.

Faltaban unas horas para que toda la maquinaria de asalto que había dispuesto delante de las defensas de Clairbone se activase y se pusiese en marcha. Entonces, contaba con poder entrar en el corazón mismo del sistema, suplantar a un usuario con todos los privilegios de acceso y empezar a registrar los servidores en serio.

* * *

Seguramente, la goleta *Sans-Quartier* podría haber hecho muchas cosas para evitar el asalto de las barcas que se le acercaban. En el momento que vimos flamear el *Jolly Roger* en las drizas, aún habríamos tenido tiempo de izar la mayor y el trinquete y hacer vela hacia la costa de Francia. O incluso, como diría más adelante Warren, lamentándose por no haberlo hecho, «desplegar toda la vela, virar en redondo y pasarlos por la quilla». Pero, como afirmaba acertadamente Yolanda, no estábamos en el siglo XVIII, y había cosas que no se podían hacer.

En cualquier caso, creo que nuestra pasividad estuvo bastante justificada. Supongo que cualquier marinero del siglo XXI que vea dos embarcaciones que arbolan la bandera negra con la calavera y hacen vela hacia su navío pensará en muchísimas otras posibilidades antes que en un auténtico ataque de piratas. Por eso, y quizá también por la fatiga que aún nos dominaba después de la lucha con la tempestad, nos quedamos los cuatro inmóviles en el castillo de popa viéndolos venir y, por eso, cuando Donatien sugirió tímidamente la posibilidad de pedirles explicaciones antes de dejar que se acercasen más, ya era demasiado tarde para reaccionar. Las barcas, hábilmente guiadas, se abarloaron en la goleta, los proeles lanzaron cuerdas con ganchos hacia la regala y, en un santiamén, todos los tripulantes trepaban por las bordas e irrumpían en cubierta como una ola devastadora, armados con porras y puñales, vestidos con blusas rotas, cubiertos con pañuelos de cabeza de todos los colores y lanzándonos miradas llenas de un odio feroz.

Un grupo de seis piratas nos arrinconó contra la popa, amenazándonos con sus armas, mientras el resto tomaba posesión de la nave con toda la naturalidad del mundo y empezaba a orientar los foques y desplegar las cangrejas.

Sólo entonces la voz de Warren nos arrancó de nuestro estupor. Dio un paso al frente sin hacer caso de los puñales que le amenazaban y exigió a gritos una explicación por aquel abuso.

Un hombre alto y corpulento, vestido también como un antiguo marinero, pero con más elegancia que los otros asaltantes, avanzó por el combés hacia la escalera del castillo. Había estado dirigiendo la maniobra de los pescantes con los que estaban izando las dos barcas a bordo de la goleta, y parecía por su porte y aspecto el capitán de aquella extraña banda. Detrás de ellos, un marinero ayudaba a bajar de una de las barcas a dos hombres y a dos mujeres mayores, vestidos con ropas modernas, que no mostraban intención de tomar parte en el asalto ni en la maniobra, pero que miraban hacia nosotros con la misma expresión de odio y menosprecio desatados.

—No estás en condiciones de exigir nada, Barbanegra —dijo el que parecía el capitán cuando subió al castillo—. Ni de pedir —y añadió, dirigiéndose a los que nos tenían arrinconados—: ¡Encadenadlos y encerradlos en la sentina!

Warren, indignado, dio otro paso adelante hacia el hombre, y uno de los piratas que nos vigilaban le obligó a retroceder con un empujón brutal que le hizo perder el equilibrio. Pero si la intención de aquel empujón había sido acobardarlo, el efecto que consiguió fue precisamente el contrario. Se levantó con un verdadero rugido, gritando que a él nadie le ponía la mano encima y, antes de que su agresor acertase a defenderse, ya le había hecho caer con dos rapidísimos puñetazos y se daba la vuelta furiosamente hacia los otros.

Al instante, Donatien cargó y derribó a un segundo asaltante con un brutal golpe de espalda, mientras Yolanda enviaba un terrible puntapié a la muñeca de un tercero, lo que hizo que el cuchillo que empuñaba pasase a manos de la chica. Por mi parte, agarré una gran cabilla de madera de la mesa de guarnición de popa y, blandiéndola como un garrote, desarmé a un cuarto asaltante y me lancé contra el capitán.

El ataque de la Tripulación del Pánico fue tan furioso como breve. Éramos cuatro contra treinta y no teníamos otra cosa a favor que la rabia enorme que nos dominaba. Vi a Warren caído en el suelo con un cuchillo amenazándole el cuello, a Donatien cayendo después de recibir un porrazo en la espalda, y a Yolanda luchando para llegar a los flechastes del mayor, seguramente con la idea de hacerse fuerte en la cruceta. Después recibí un fuerte golpe en la cabeza y pareció que todo el barco empezase a girar a mi alrededor. Caí indefenso sobre cubierta.

Alguien me levantó del suelo sin ningún tipo de contemplaciones. Noté vagamente cómo me ponían las manos a la espalda y me esposaban antes de arrastrarme por el suelo hacia el combés.

14. *El* oungan *de los Gedé*

Uno de los departamentos de la sentina de la *Sans-Quartier* se convirtió así en nuestra prisión. Una prisión húmeda y siniestra en la cual no podíamos hacer más que especular sobre nuestro destino.

Los piratas nos habían atado las manos por delante con esposas, lo que nos dejaba cierta libertad de movimientos, y nos habían dejado a oscuras. Antes, sin embargo, nos habían enseñado nuestro calabozo a la luz de un farol: sólo un mínimo respiradero en el techo para dejar entrar aire fresco, un par de jergones para echarnos y un cubo en un rincón para hacer nuestras necesidades.

Luego, los piratas se fueron con el farol y nos quedamos a oscuras, mientras oíamos confusamente gritos y órdenes en cubierta y notábamos cómo la goleta empezaba a virar.

Nuestra primera preocupación, naturalmente, fue comprobar nuestro estado físico. Por suerte, a pesar de algunas contusiones más o menos fuertes, ninguno de nosotros había resultado herido. Por lo que respecta al estado anímico, era muy fácil resumirlo: estábamos furiosos y dispuestos a todo para recuperar el control del barco pero, al mismo tiempo, asustados por lo que había pasado y por el hecho de vernos de aquella manera, prisioneros y navegando hacia un destino desconocido.

El tiempo, en la oscuridad, se hacía interminable. Sólo podíamos medirlo por los intervalos con que se abría la puerta para que alguno de los piratas retirase el cubo, dejase otro y depositase al lado de la puerta cuatro botellas de agua y una bolsa de papel con bocadillos. Mientras lo hacía, un segundo pirata vigilaba desde afuera, apuntándonos ostensiblemente con una pistola. Y en medio de aquel decorado del siglo XVIII, entre el hedor y el aire viciado de la sentina, los bocadillos, la bolsa y la pistola se unían para formar un desagradable anacronismo que hacía que todo pareciese, a ratos, parte de una alucinación o de una pesadilla.

Donatien había tratado de imaginar un montón de tácticas para reducir a nuestros carceleros cuando viniesen a llevarnos la comida. Pero todas eran impracticables de una forma u otra, y en cualquier caso, aunque lo consiguiésemos, aún quedaría, por lo bajo, una treintena de piratas armados a bordo de la goleta. La única cosa que podíamos hacer en una situación como aquélla era hablar y hablar, cada uno intentando elevar los ánimos de los demás, y así lo hicimos sin parar, pasando sin transición de los proyectos más aparentemente viables a las especulaciones más disparatadas.

Transcurrían las horas y la goleta, con una tripulación numerosa, navegaba con buen viento hacia su misterioso destino. Nos habían llevado comida ya tres veces y dos veces habíamos dormido un tiempo indefinido. El aire enrarecido de la sentina favorecía la somnolencia y era imposible decir si habíamos dormido profundamente unas horas o apenas habíamos dado unas cabezadas.

Con el paso lento del tiempo, nuestra moral iba decayendo sin remedio. Pronto comprendimos que, encerrándonos de aquella manera, a oscuras y aislados de cualquier referencia externa, nuestros secuestradores se aseguraban nuestra completa sumisión, nuestra incapacidad de rebelarnos. Aquel abandono silencioso acababa siendo más cruel que cualquier trato brutal, ya que nos hacía víctimas de un enemigo sin rostro y sin forma, e insinuaba a nuestros subconscientes que cualquier resistencia era inútil.

Aún durante unas horas, a lo largo de lo que creíamos que era nuestro segundo día de cautiverio, hicimos el esfuerzo de conversar e incluso de cantar. Pero no tardamos demasiado en rendirnos y abandonarnos al sopor de la prisión.

Y entonces, un hecho extraordinario rompió la rutina.

* * *

A una hora fijada previamente por su programador, un virus especialmente camuflado e implantado por Ferran días atrás en los servidores de la Sociedad Clairbone se activó e infectó el panel del administrador del sistema. Una vez allí, siguiendo su programación, creó un nuevo usuario, le asignó un nombre y una contraseña, le otorgó todos los privilegios de acceso posibles y, finalmente, se autodestruyó.

El proceso no había llegado a durar dos segundos y no había sido detectado por ningún sistema de seguridad.

Pocas horas después, Ferran entraba en los ordenadores de la empresa como si fuese uno de sus principales directivos, con libre acceso a todas las áreas del sistema.

* * *

No había pasado mucho tiempo desde que los dos piratas de siempre, sin dirigirnos ni una palabra, como era habitual, viniesen a cambiar el cubo y dejarnos los bocadillos, cuando la puerta se abrió de nuevo y dio paso a un hombre muy alto y muy delgado —tuvo que agacharse para pasar por la puerta— que llevaba una linterna eléctrica. Ante nuestra sorpresa, entró, cerró la puerta con llave y nos pidió silencio con palabras nerviosas.

—Tranquilos. Vengo a ayudaros.

Dejó la linterna en el suelo y, al verle, ahogué una exclamación de sorpresa: era el tripulante negro y altísimo de la tripulación del capitán Evans que tanto me había inquietado con las miradas de aquellos ojos que parecían salirse de sus órbitas.

—¿De dónde sale usted? —pregunté, mientras una ojeada rápida a mis compañeros me mostraba que también ellos le habían reconocido.

—No me marché con la tripulación —explicó él, con voz profunda—. Me escondí a bordo y he estado escondido hasta ahora.

—¿Por qué? ¿Quién es usted? —preguntó Donatien, que parecía, al igual que yo, un poco impresionado por su presencia.

El recién llegado soltó una risita maliciosa, cogió la linterna y paseó por su cuerpo el haz de luz, de manera que pudimos comprobar que ya no iba vestido con una blusa de marinero, sino con lo que parecía un antiquísimo chaqué negro y se cubría con un viejo sombrero también negro. A pesar de la escasa luz, sus ojos estaban cubiertos por unas gafas de sol exageradamente grandes que le daban un aspecto muy extraño.

—Me podéis llamar Didier —dijo en un tono indefinido que no supimos distinguir si era burlón o solemne—. *Oungan* del Barón Samedi y servidor de los Gedé. Y añadió en un tono más normal—: ¿Sabéis algo del vudú?

* * *

Ferran intuía desde el principio que en el momento en que pudiese acceder a toda la información de los ordenadores de Clairbone empezaría a descubrir cosas. Incluso las actividades más secretas de una entidad o de una empresa están detalladas por escrito en algún lugar de sus archivos, porque no hay ninguna que dependa de una sola persona y es preciso mantener la información constantemente al día y al alcance de quien la pueda necesitar. Los informes escritos existen siempre y son necesarios, incluso cuando son secretos y las personas que pueden acceder a ellos se pueden contar con los dedos de una mano. Ferran sabía por experiencia que, cuanto más restringido era el acceso a un determinado directorio, más posibilidades había de que contuviese información interesante.

Asimismo, él creía que estaba preparado para cualquier oscura revelación. Pero la historia que pudo reconstruir a través de los diferentes informes que fue encontrando superaba de largo todas sus especulaciones.

La Sociedad Clairbone no había tenido ningún tipo de actuación al margen de la ley hasta mediados de los años noventa. Hasta entonces, su mayor secreto había sido el servicio que el mismo Ferran había bautizado como de «antepasados a la carta», que ofrecían tan sólo a unos pocos clientes.

Por aquel entonces estalló en Estados Unidos la polémica sobre la posibilidad de publicación y consulta en Internet de los listados completos de los antiguos esclavos y propietarios de esclavos en los estados del sur del país. Por ello, determinadas personas se pusieron discretamente en contacto con la Sociedad para encargarles la localización de los descendientes directos y eventuales herederos de los propietarios y traficantes de esclavos del siglo XIX en Florida. El encargo supuso una conmoción en el seno de la Sociedad, ya que nunca antes se habían llevado a cabo investigaciones sobre familias que no fuesen las del mismo cliente que contrataba los servicios. No obstante, la oferta económica era excelente, la propia investigación no resultaba especialmente difícil y aceptaron el encargo.

En los meses que siguieron a la entrega del dossier con los resultados de la investigación, algunas de las personas señaladas por la Sociedad Clairbone como herederos de los principales propietarios esclavistas murieron en circunstancias poco claras. Lógicamente inquietos, los principales directivos de la sociedad genealógica llevaron a cabo una discreta investigación sobre sus clientes. Con los medios y recursos que disponían no les fue difícil averiguar que quienes les habían hecho el encargo habían sido en realidad un grupo que se consideraba continuador del *Black Panther Party*, la organización revolucionaria de autodefensa de los negros, que había abandonado la lucha armada veinte años atrás. El grupo había decidido iniciar su actividad con lo que consideraban una campaña de venganza de sus antepasados esclavos.

Ante los directivos de Clairbone se abría un terrible dilema. Por una parte, descubrían que se habían hecho cómplices de un acto criminal sin saberlo. Pero, por otra parte, se daban cuenta de que, en caso de haberlo sabido, su complicidad habría podido resultar un gran negocio. A partir de aquel momento, podían optar por dos vías: o bien denunciaban los hechos a las autoridades y salvaban la honorabilidad de la Sociedad, pero al precio de cerrarse las puertas a futuros negocios del mismo tipo; o bien callaban y, al precio de convertirse en cómplices de los crímenes pasados y algunos futuros, exploraban las nuevas posibilidades de negocio que habían descubierto hasta sus últimas consecuencias.

Así nació la división más secreta de la Sociedad Clairbone: aquella que entraba en contacto de manera discreta con clientes con una gran capacidad económica que pudiesen estar interesados en algún tipo de venganza histórica.

Las posibilidades de negocio eran enormes, como enormes también eran las cantidades que podían llegar a moverse. Y, gradualmente, una vez dejados atrás todos los escrúpulos, la Sociedad Clairbone, sin abandonar su fachada de empresa respetable dedicada a la investigación genealógica, pasó poco a poco de limitarse a señalar las víctimas a organizar verdaderas cacerías humanas.

Algunas de las acciones más sangrantes propiciadas por ellos habían pasado en su momento por atentados terroristas o accidentes. Por ejemplo, cuando un autocar de turistas franceses fue ametrallado en una carretera solitaria del sur de Rusia, las autoridades atribuyeron los hechos a diferentes grupos extremistas. Naturalmente, a nadie se le ocurrió comprobar el árbol genealógico de los difuntos. Si lo hubiese hecho, habría descubierto que, entre algunos apellidos sin historia, de víctimas realmente accidentales, aparecían cuatro cuya presencia no era de ninguna de las maneras casual: Mortier, Lefebvre, Bessières y Davout. Es decir, con las excepciones de Ney y Murat, los mariscales de Napoleón en la batalla de Borodino. Reunir a aquel grupo de cuatro descendientes directos en aquel autocar de turistas había resultado una operación increíblemente compleja, pagada de principio a fin por un grupo mafioso ruso de ideología ultranacionalista que quería poner punto final sangriento a la batalla de 1812.

Pero aquélla ya era una operación pasada, e incluso poco ambiciosa en comparación con la que estaba en marcha en aquel mismo momento.

La propuesta había venido de un grupo ocultista de Nueva Orleans que practicaba una particular adaptación de los rituales del vudú. Los miembros del grupo, todos ellos blancos y con mucho dinero, aspiraban a poner a los *lwa* del vudú al servicio de su enriquecimiento personal. Arrastrados por el fanatismo de un sistema de creencias que iban construyendo a medida que las practicaban, no habían renunciado a los experimentos más terribles. Habían profanado tumbas recientes para intentar conseguir los servicios de criados zombis y habían estado en más de una ocasión a un paso de practicar sacrificios humanos para ganarse los favores de los *lwa* más terribles. Más de una vez habían sido investigados por la justicia, pero sus enormes fortunas personales los ponían fuera del alcance de los tribunales siempre que no cometiesen el error de ser atrapados en un delito flagrante y con pruebas completamente innegables.

El proyecto más ambicioso de aquellos adoradores del vudú nació de la creencia según la cual los difuntos de una familia pueden convertirse en *lwa* menores para sus descendientes. En cuanto esta creencia convergió con las viejas leyendas de tesoros enterrados y galeones perdidos, comunes en todo el golfo de México, el terreno estuvo preparado para que una amenaza inimaginable empezase a planear sobre un grupo de descendientes de los más destacados piratas del Caribe.

La idea era invocar a los espíritus de los piratas a través de sus descendientes en el curso de una ceremonia vudú. Cuando los descendientes fuesen poseídos por aquellos *lwa* familiares, el brujo que hiciese la invocación los envenenaría para despertarlos de la muerte aparente convertidos en zombis. El espíritu del pirata cautivo en el cuerpo sin voluntad del zombi revelaría los secretos que conociese de tesoros enterrados o hundidos en el mar. Para llevar a cabo un plan como aquél, sin embargo, no eran ni mucho menos suficientes los poderes que creían tener los adeptos del grupo de adoradores blancos de Nueva Orleans. Por ello habían contactado con un auténtico «servidor de las dos manos», es decir, un sacerdote vudú que practicaba también la brujería y la magia negra. Al mismo tiempo, habían entrado en contacto con la Sociedad Clairbone para localizar a unos descendientes de piratas que cumpliesen las condiciones que marcase el brujo.

Las condiciones no eran nada fáciles. Era preciso que se tratase de descendientes directos y que estuviesen vinculados de alguna manera con el mar, y era preciso que fuesen preparados para la ceremonia a través de un viaje iniciático, un viaje por el océano en el mismo sentido que el que realizaron sus antepasados y el mismo vudú: desde las costas orientales del Atlántico hacia América.

Los servicios de la Sociedad Clairbone fueron providenciales: no sólo pudieron localizar a cuatro descendientes de piratas que vivían en Europa, sino que pusieron a disposición de sus nuevos clientes un barco y un destino para el viaje. El barco sería la goleta *Rebecca,* rebautizada para la ocasión con el nombre, mucho más propio de piratas, de *Sans-Quartier.* El destino no serían las costas de América, demasiado lejanas, sino el petrolero *Moon IV,* laboratorio flotante de la compañía farmacéutica filial, que se encontraba anclado, realizando diversas investigaciones sobre las aplicaciones del plancton oceánico, en la zona de los bancos de Chaucer, al norte de las Azores. Llegado el momento, darían vacaciones a todo el personal del petrolero con la excusa de una revisión urgente y lo sustituirían por una tripulación enviada por sus clientes. Simultáneamente, embarcarían con engaños a las víctimas en la *Sans-Quartier,* cuya tripulación abandonaría la nave en pleno Atlántico. Entonces, los adeptos del nuevo culto vudú podrían escenificar un abordaje pirata, capturar a las cuatro víctimas y navegar a toda vela al encuentro del *Moon IV.*

Estas revelaciones hicieron estremecer a Ferran. Pero, sobre todo, le enfurecieron. Ver a su mejor amigo víctima de una trampa quizá mortal era ya muy grave, pero verlo abocado a una muerte estúpida por los delirios supersticiosos de un grupo de millonarios le embargaba de una rabia que no era capaz de expresar con palabras.

Con copias de todos los documentos, se retiró de

los ordenadores de Clairbone y voló hacia el *chat*. El *nickname* de su interlocutor de Nueva Orleans le había parecido hasta entonces una excentricidad ridícula. Después de haber leído todo aquello, en cambio, casi tenía ganas de que quien fuese tuviese algún tipo de relación con el auténtico Barón Samedi.

* * *

Resulta extraño pensar que, aproximadamente, durante las mismas horas en que Ferran descubría a través de Internet los secretos más escondidos de la Sociedad Clairbone, Didier, *oungan* del Barón Samedi y servidor de los Gedé, nos explicaba aproximadamente lo mismo en la sentina de la goleta *Sans-Quartier*, con la tranquilidad de quien lo tiene todo controlado.

—Naturalmente —concluyó—, este plan es un disparate y no podíamos tolerar que continuase adelante.

—¿Quién no lo podía tolerar? —acertó a preguntar Warren, con la esperanza de empezar a averiguar quién era aquel extraño personaje.

—Los *lwa* y nosotros. Nosotros, los auténticos seguidores del vudú, los auténticos *oungan*. Para nosotros, este tipo de actividades sectarias son un insulto y una amenaza. No lo podemos tolerar. Por eso infiltramos a una persona en la tripulación de la goleta. Trabajo para Clairbone desde que todo esto empezó. Soy un buen marinero y una persona discreta. Nadie sospecharía nunca lo que soy en realidad. Y mientras estoy aquí, otros compañeros intentan reunir pruebas legales contra la Sociedad Clairbone y sus distinguidos clientes...

Calló y bebió un largo trago de una de nuestras botellas. Parecía divertido con la situación y completamente ajeno al miedo, la inquietud y la rabia que su historia había provocado en nosotros.

—Tengo dos preguntas —dijo entonces Yolanda, que respiraba entrecortadamente, como si luchase por contener un ataque de nervios.

—¿La primera? —repuso el *oungan*.

—Nos quieren convertir en zombis, pero..., ¿qué es un zombi exactamente?

—¡Ésa sí que es «la pregunta clave»! —rió Didier—. Los muertos que salen de las tumbas en las películas americanas, ¿verdad? *I walked with a zombie* —añadió, con un tono siniestro—. Haití fue el único país de América que no conquistó la independencia a partir de una revolución de los colonos contra su metrópoli, sino de una revolución de los esclavos contra los amos blancos. Para la mentalidad europea del siglo XIX y de principios del XX, eso era inconcebible y por fuerza el país tenía que estar sumido en la superstición, dominado por la brujería y sometido a todo tipo de cultos caníbales. ¿Nunca has oído decir que los sacerdotes vudú somos caníbales?

Acercó el rostro al de Yolanda y enseñó exageradamente los blanquísimos dientes a la luz de la linterna.

—¿Propaganda racista? —dijo, incrédulo, Warren—. ¿Todas las historias de zombis, de brujería y de caníbales son simple propaganda racista?

—Sí y no —respondió el *oungan*, echándose hacia atrás—. Sí porque, por ejemplo, «comerse» a alguien significa en realidad dominar su voluntad. Y no, porque, por ejemplo, los zombis existen. Pero no son muertos vivientes. Los brujos conocen el secreto de los venenos que se pueden administrar a una persona para hacerla caer en un estado de muerte aparente. Cuando el brujo la despierta, dicha persona está consciente, pero privada de voluntad y de capacidad de reacción, y pasa a ser la esclava. Es el castigo más horrible que un brujo puede infligir a sus enemigos. Y, por cierto, no todos los *oungan* son brujos. Yo no lo soy, por ejemplo.

Hizo una pausa y respiró profundamente, como si encontrase agradable el aire fétido de la sentina, y se rió por lo bajo, como si la situación le hiciese gracia. Después, con la misma solemnidad burlona preguntó:

—¿Entendéis por qué la *zombificación* es el peor de los castigos?

Esta vez fui yo quien respondió, recordando alguno de los cuentos que Fernanda me explicaba de niño:

—Porque hace que el hombre vuelva a la condición de esclavo. Y el vudú nació precisamente como una reacción contra la esclavitud.

Didier aplaudió encantado.

—¡Muy bien, pequeño pirata, muy bien! —se quitó las gafas negras y se inclinó hacia delante con aquellos ojos inquietantes—. Y por cierto, chaval, que tú no pareces demasiado blanco. ¿De dónde sales? ¡No me dirás que eres haitiano!

—Dominicano —corregí—, pero mi padre tenía familia en Haití. Y tengo una amiga santera —añadí, sin que viniese a cuento.

Didier se echó hacia atrás de nuevo con un silbido de admiración.

—Apuesto lo que sea que los de Clairbone no sabían eso. Porque si lo llegan a saber, quizá no estarías aquí. ¡Les habrías dado miedo!

—Entonces —intervino Donatien—, la idea es que invocarán a nuestros antepasados en una ceremonia vudú y que, cuando sus espíritus nos posean, nos envenenarán y nos convertirán en zombis..., con el espíritu pirata correspondiente cautivo dentro.

Didier había ido asintiendo a todo, como si fuese la explicación más natural del mundo.

—Pero, déjame decir un cosa... ¿Qué sucederá si, en el peor de los casos, no nos posee ningún espíritu?

El *oungan* se quedó unos instantes en silencio, contemplando a Donatien con la boca abierta. Después soltó una risotada tan estentórea que temimos que nuestros carceleros lo oyesen. Donatien, que había intentado hacer la pregunta con todo el tacto posible para no ofender las creencias de quien, al fin y al cabo, era nuestro único aliado, se quedó sin saber cómo reaccionar.

—¡Has dicho «en el peor de los casos», «en el peor de los casos»! Eres absolutamente genial, chico. No eres un adepto del vudú, en tu mente europea no cabe ni tan siquiera la posibilidad más remota de ser poseído por un espíritu en una ceremonia ritual... ¡Y me preguntas qué pasará si..., en el peor de los casos, no sucede lo que tú consideras completamente imposible que suceda! ¿Cómo lo llamas a eso?

—Yo lo llamaría educación —replicó Donatien, un poco ofendido.

—Seguramente yo lo llamaría de otra manera, pero no discutiremos por eso —el *oungan* había recuperado su seriedad—. Lo cierto es que no os poseerá ningún espíritu ni ningún *lwa,* ni nada, porque la ceremonia no será más que la mala parodia de una ceremonia y no tendrá nada de auténtica. ¿Y sabes qué pasará entonces? Que ese grupo de iluminados dejará de lado el vudú, y volverán a ser lo que son: una banda de negociantes a quienes habréis hecho perder un montón de dólares. Porque traeros hasta el petrolero habrá costado una verdadera fortuna. ¿Entendéis adónde quiero ir a parar?

Lo entendíamos perfectamente. El auténtico fondo de la cuestión no era el vudú, sino una mezcla de ignorancia, superstición y dinero. Si les hacíamos perder el dinero al mismo tiempo que dejábamos en ridículo su superstición y desenmascarábamos aquella ignorancia... Bien, supongo que lo mínimo que nos harían sería degollarnos y tirarnos por la borda.

Didier nos dejó meditar un rato sobre la cuestión antes de decir con tono suave, como si por primera vez dejase de encontrar graciosa la situación y se compadeciese de nosotros:

—La dama tenía una segunda pregunta...

Yolanda carraspeó. Parecía que ella tampoco sabía demasiado bien cómo plantearla.

—Si no me equivoco, aquí arriba —indicó en dirección a la cubierta de la goleta— hay una treintena de sectarios, sicarios, piratas o lo que sean, casi todos armados. Y, seguramente, a bordo del petrolero aún habrá más gente. Nosotros somos cuatro, llevamos, si no me equivoco, días encerrados y encadenados y no estamos en la mejor forma. Y tú estás solo. Supongo que no te ofenderás si te digo que no pareces precisamente un tipo robusto... ¿Cómo lo haremos pues?

Didier asintió con una extraña solemnidad y nos fue mirando uno a uno, fijamente y muy serio, antes de decir:

—No estoy solo. Tengo mi tambor. Al comenzar la ceremonia, veréis lo que sucede cuando alguien intenta convertir las creencias de toda una comunidad, las creencias que la han mantenido viva durante los períodos más duros de su historia, las creencias que la han salvado de la destrucción individual y colectiva, en una vulgar manifestación pintoresca y folclórica. Tengo mi tambor. Y tengo otra cosa que ellos no tienen ni han tenido nunca: tengo fe.

15. La voz de los tambores

En el chat, el Barón Samedi se había esforzado por tranquilizar a Ferran asegurándole que, con la información que había obtenido y que él ya tenía, había de sobras para completar un dossier que conduciría a la Sociedad Clairbone y a sus clientes ante la justicia. Le dijo también que no tenía que preocuparse por Edgar, que a bordo de la goleta *Rebecca* había un hombre de confianza y que todo saldría bien.

Pero Ferran no estaba en absoluto tranquilo. Comprendía que su amigo se encontraba en peligro y que, difícilmente, le iban a enviar ayuda en medio del Atlántico desde las salas de un tribunal de Nueva Orleans. No. Tenía que conseguir mandarle ayuda y tenía que conseguirlo inmediatamente. Conservaba en su poder todos los documentos que había obtenido y los que le había hecho llegar el Barón Samedi, y tenía las coordenadas exactas del viejo petrolero anclado. ¿No sería posible conseguir que alguien —la policía, la marina, quien fuese— se acercase hasta allí a echar una ojeada?

Con la cabeza llena de negros pensamientos, trasladó las coordenadas a un atlas y miró cuál era el país más cercano. Después hizo unas consultas en la enciclopedia y sonrió maliciosamente ante el reto.

A lo largo de su carrera como *hacker* había hecho cosas más o menos ilegales. Pero nunca habría imaginado que intentaría cambiar el rumbo de un buque de guerra.

* * *

El viejo petrolero flotaba igual que una aparición entre la neblina de la tarde, anclado en algún punto de los bancos de Chaucer, en medio del océano. La goleta navegaba lentamente hacia él, como si tuviese la intención de abarloarse a él; y no sería la única nave en hacerlo: un gran yate de motor de recreo, seguramente el mismo que habíamos visto alejarse la mañana que nos habían abordado los piratas, estaba sólidamente amarrado a un lado de la nave, empequeñecido por ésta.

Nuestros secuestradores nos habían hecho subir a cubierta, esposados como estábamos, sucios, malolientes, cegados por la débil luz invernal después de haber pasado más de dos días en la oscuridad, con el cuerpo entumecido, agujetas en todos los miembros y problemas para mantener el equilibrio. Las esposas eran una precaución superflua: era evidente que no estábamos en condiciones de ofrecer ningún tipo de resistencia.

Amarraron la goleta al flanco del petrolero, con una precisión que nos hizo comprender que los adeptos de aquel culto desviado del vudú habían conseguido los servicios de una tripulación bastante competente. Alguien arrió una escalera desde la borda del gran buque y nos quitaron las esposas para que pudiésemos subir. En cubierta, nos esperaba un grupo reducido de hombres y mujeres, algunos elegantemente vestidos y otros, más jóvenes, disfrazados con blusas de marineros antiguos. Los presidía un hombre de piel negra, alto, corpulento, vestido con ropas de colores y blandiendo una especie de sonajero que movía rítmicamente hacia nosotros mientras musitaba una especie de letanía incomprensible.

Nosotros permanecíamos callados y seguíamos dócilmente las indicaciones de nuestros secuestradores. Las instrucciones de Didier, nuestro *oungan* de los Gedé, habían sido bastante claras: nada de lucha hasta que llegase el momento e, incluso entonces, sólo si era imprescindible.

La tripulación completa de la *Sans-Quartier* subió la escalera y se fue reuniendo detrás de nosotros. Después, el brujo nos precedió por la cubierta del petrolero hasta una escalera metálica que bajaba hacia las profundidades del casco.

Los enormes tanques de carga del petrolero habían sido desmantelados, probablemente para adaptarlo a su nueva función de laboratorio flotante. Pero, fuese cual fuese su función habitual, al menos uno de ellos se había dejado como un gran espacio vacío hacia el cual nos obligaban a bajar, guiados por el sonido rítmico del sonajero del brujo.

El espacio interior del tanque estaba iluminado con

antorchas que formaban un círculo alrededor de un gran palo clavado verticalmente sobre una base de hormigón y pintado con colores vivos. Era el *poteau-mitan,* a través del cual los espíritus pueden llegar al mundo de los vivos.

Algunos de los asistentes, vestidos de blanco, se reunieron alrededor del *poteau-mitan,* mientras el brujo nos empujaba más allá, hacia la parte del tanque opuesta a la escalera por donde habíamos llegado, muy cerca del círculo de antorchas y de un grupo de grandes tambores de madera, detrás de los que los tamborileros ya ocupaban sus puestos. El resto de los presentes se retiró fuera del círculo, en la oscuridad, de manera que nos sentíamos rodeados por una multitud invisible y ansiosa que nos observaba ávidamente.

Poco a poco el brujo empezó a entonar su salmodia en voz más alta y, uno a uno, los tambores empezaron a tocar un ritmo lento, sordo, insistente, obsesivo.

En pie en nuestro sitio, con las manos libres pero incapaces de hacer nada, nos agrupamos instintivamente, con el miedo en el cuerpo. El brujo canturreaba incansablemente y los tambores adaptaban el ritmo a su voz. El grupo de personas vestidas de blanco se colocó en círculo alrededor del *poteau-mitan,* y empezaron a mecer el cuerpo al ritmo de la voz y de los tambores.

La atmósfera del gran tanque del petrolero se tornaba por momentos pesada y densa. Los tambores latían al ritmo de los corazones y alguna cosa terrible se fraguaba en el ambiente. De pronto, un grito aterrador resonó, el aullido sobrenatural de un espíritu liberado y, en algún lugar de la oscuridad, empezó a sonar un nuevo tambor, éste con un ritmo más rápido, sincopado, como si desafiase a los demás.

Un canto estalló en la oscuridad, levantando ecos en las paredes del tanque, como si surgiese de todas partes a la vez:

—*Papa Legba ouvri bayè-a pou mwen*
pou mwen pase
lè ma tounen, ma salyié lwa *yo.*

Con un hilo de voz, recordando las historias de Fernanda y la poca lengua criolla que aprendí de mi padre, traduje a mis compañeros la invocación para que Papa Legba abriese las puertas del mundo de los espíritus:

—«Papa Legba, ábreme la barrera / para que pueda pasar/ y de regreso saludaré a los *lwa.*»

Vi que asentían en silencio. Ellos también habían reconocido la voz de Didier y luchaban por contener la ansiedad.

Ahora, el sonido del tambor solitario lo llenaba todo, frenético, imperativo, exigente. Era un sonido que se te metía en el cuerpo, que empujaba a ser obedecido. Hombres, mujeres y espíritus tenían que rendirse a él. No había nada en el universo excepto el tambor, los huesos le hacían de caja de resonancia, la carne le respondía, los pies esbozaban algún paso de baile. Vimos, y sobre todo escuchamos, cómo el brujo intentaba resistirse, cómo cantaba más fuerte y aumentaba el ritmo de las palabras. El grupo de tambores

que teníamos al lado lanzó el sonido de sus instrumentos para combatir el sonido intruso y los dos ritmos lucharon en el aire lleno de resonancias, intentando cada uno arrastrar al otro.

—*Papa Legba ouvri bayè-a pou mwen*
pou mwen pase
lè ma tounen, ma salyié lwa *yo.*

En aquel momento se produjo un cambio en los tambores. Un cambio al principio sutil, casi imperceptible, pero que se fue haciendo evidente. Los tambores que teníamos al lado perdían el ritmo, vacilaban..., y uno tras otro terminaban tocando al unísono con el tambor solitario. Los bailarines alrededor del *poteau-mitan* empezaron a seguir el nuevo ritmo, e incluso el brujo perdió el compás.

Los tambores, imperiosos y frenéticos, llenaban de ecos el tanque, penetrando en cada fibra de los cuerpos de los presentes. De golpe, el brujo cayó al suelo como si algo le hubiese golpeado, se arrastró reptando con los pies cruzados, hasta que encontró refugio bajo una especie de mesa baja de piedra que no habíamos visto antes, cerca del *poteau-mitan*.

—¡*Sep!* —gritó la voz de Didier, llena de una fuerza que nunca le hubiésemos atribuido—. ¡*Sep!* ¡*Sep!* ¡*Sep!* —repitió.

Alguna voz coreó la palabra en la congregación oculta en la oscuridad. Después, se fueron añadiendo más voces, e intuimos, como si algún espíritu nos lo hubiese explicado al oído, que aquella humillación era el castigo de los *oungan* incompetentes, que engañan a los *lwa* y a los seguidores del vudú.

Entonces comprendimos, confusamente, lo que Didier nos había querido explicar en la sentina de la *Sans-Quartier*, con el tono a la vez solemne y burlón de los servidores de los Gedé. Tal vez todos estaban drogados, tal vez la atmósfera opresiva, el cansancio y el miedo influyeron en nosotros hasta sugestionarnos igual que a aquellas gentes alucinadas que nos rodeaban, pero lo cierto es que sentí que en el latido de aquellos tambores había algo increíblemente poderoso, algo que llegaba hasta nosotros desde la lejanía de un África inalcanzable, resonando en los corazones de generaciones de esclavos condenados a morir en las plantaciones. Notaba en aquellos tambores la rabia del guerrero, el miedo del campesino, la indómita ira del hijo de reyes, reducidos todos a la condición de bestias de carga. Un África enorme y orgullosa que clavaba nuevas raíces en la tierra donde sus hijos morían bajo el yugo. Unas creencias que arraigaban en corazones nuevos, que buscaban la unidad entre hombres y mujeres de orígenes bien distintos, con distintos idiomas, diferentes religiones, diferentes escalas de valores y referentes culturales, hasta crear en la América lejana un África ideal de espíritus y leyendas. Todo aquello me lo explicaba la voz de los tambores. Algo enorme, terrible, glorioso, que no podía ser simplificado, ni instrumentalizado, ni ensuciado por las manos de unos blancos que, al fin y al cabo, eran los herederos de los esclavizadores.

En el círculo de bailarines, una mujer cayó al suelo, rígida como un cadáver, y ya no se movió. Un hombre entró en el círculo de antorchas caminando espasmódicamente, semejante a un autómata con los ojos desorbitados. Un segundo hombre, también del exterior del círculo, empezó a hacer gestos obscenos con las caderas y estirando la piel de la cara en una mueca indescriptible.

Los tambores tocaban más y más deprisa. E incluso nosotros cuatro empezábamos a seguir el ritmo con la cabeza.

Noté una mano que me agarraba la muñeca. Era Didier.

—Dejadlos que continúen solos —dijo, escupiendo las palabras—. ¡A la goleta!

Y los cinco, cogidos de la mano, atravesamos una nube de bailarines poseídos por su propia locura en dirección a la escalera que nos llevaría a cubierta, mientras todo el mundo se apartaba al paso de nuestro guía, alto y esquelético, con el sombrero y las gafas de sol, caminando rígidamente como el auténtico Barón Samedi.

Los tambores aún sonaban con su ritmo frenético cuando llegamos a la cubierta del petrolero. Y cuando la atravesamos. Y cuando bajamos por la escalera hasta la *Sans-Quartier*. Y cuando cortamos las amarras de la goleta. Y cuando empezamos a izar vela mientras nos alejábamos con rumbo sur-sudeste bajo el cielo de la puesta de sol.

En la cruceta del trinquete, Yolanda estuvo escudriñando el mar hasta que la oscuridad fue total. El *oungan,* por su parte, había arriado el reflector del radar, con la esperanza de que esto haría un poco más difícil que nos localizasen.

—¿Crees que tardarán mucho en perseguirnos? —le pregunté a Warren, en pie los dos al lado del timón, que llevaba Donatien.

—Como mucho, hasta el alba. Cuando se recuperen un poco y vean que la goleta no está, nos perseguirán con el yate de motor. O antes, si se dan cuenta de que Didier no formaba parte del espectáculo, que les ha engañado con el ritmo de su tambor y que les ha... —hizo una pausa dubitativa—. Bien, que les ha embrujado, o hipnotizado o maldecido o lo que sea que ha hecho.

—¿Crees que tenemos alguna posibilidad de llegar a las Azores?

Warren miró las cangrejas desplegadas bajo un débil viento del norte que amenazaba con cambiar a cada instante.

—Estamos a unas cuatrocientas millas. Son casi dos días de navegación con buen viento. Y no tenemos buen viento. Si los amigos de Didier no envían a alguien para ayudarnos... El yate de motor es mucho más rápido que la goleta, tiene radar y además vendrá directamente hacia aquí, porque es el único lugar hacia donde podemos haber ido.

—Entonces, ¿no hay esperanza? —preguntó Donatien, con voz serena, observando también las velas.

—Siempre la hay, Monbars. Siempre la hay...

Y se alejó caminando pensativamente hacia el combés, con la cabeza hundida entre los hombros, para sentarse en la cureña de un cañón mirando al mar.

Al alba, tal como nos temíamos, el viento roló y

tuvimos que empezar a navegar de bolina. Cuando nos reunimos en el castillo de popa para decidir las guardias y dormir así un rato, Warren nos pidió un momento de atención.

—Me parece que sé cómo podemos escapar —dijo.

Naturalmente, todos le miramos con ojos ansiosos, convencidos de que su experiencia en la navegación deportiva le había hecho ver alguna posibilidad que a nosotros se nos escapaba.

—Tenéis que seguir mis indicaciones. Y, si puede ser, sin discutir.

Percibí en su voz una tensión que nunca le habíamos conocido antes, ni siquiera cuando estábamos presos en la sentina. Precisamente por esta razón, Donatien hizo un esfuerzo para responder con una broma:

—¡Estamos a sus órdenes, capitán Barbanegra!

Warren se dirigió a la barandilla que separaba el castillo de popa del combés y señaló hacia abajo.

—Abrid portillas y poned los cañones en batería. Monbars, baja a la santabárbara y sube dos cargas de pólvora. Pásate por el pañol del carpintero y coge un par de bolsas de clavos para hacer de metralla.

Fue como si una lluvia helada nos hubiese caído encima de golpe y porrazo. Yolanda, sobre todo, le miraba como si hubiese perdido la cabeza.

—¿Acaso no te recordé que ya no estamos en el siglo XVIII?

—Y yo te dije que, en ciertas ocasiones, lo lamentaba —repuso Warren, muy serio—. Pero no tengas miedo, Bonny: no os pienso arrastrar a ninguna batalla naval.

—¿Qué piensas hacer, entonces? —preguntó Donatien, mientras el *oungan* Didier contemplaba la escena como si aquello no fuese con él.

Warren se dio la vuelta hacia nosotros, apoyado en la barandilla.

—Antes de que se haga de día —dijo—, los cuatro arriaréis una de las barcas y pondréis vela hacia las Azores. Con la experiencia de Bonny, llegaréis sin ningún tipo de problemas, eso si no os recogen antes. Yo me quedaré en la goleta e izaré el *Jolly Roger* que llevaban las barcas cuando nos abordaron. Pero esta vez no será para una pantomima, sino en memoria de nuestros antepasados. Viraré y regresaré hacia el petrolero. Si encuentro el yate persiguiéndonos, intentaré distraerlo. Llevaré los cañones cargados y, si me obligan a ello, abriré fuego.

Calló y el zumbido del viento en la jarcia no hizo sino subrayar más nuestro silencio. Nadie había dicho nada todavía cuando Yolanda dio orden de virar y todos corrimos a cazar las velas. Después nos encontramos de nuevo en el castillo.

—Deberías dejar que lo pensemos —dijo finalmente Donatien—. Aún faltan horas para el alba.

—Estaré en la proa —dijo Warren, y bajó la escalera del combés.

Mis compañeros se concentraron en sus pensamientos, quizá para comprender los motivos que conducían a Warren a hacer una propuesta como aquélla. Yo, en cambio, preferí ir directamente a la proa.

Warren estaba sentado en la amura de estribor, con la mirada perdida en la negrura del mar. El pulcro ejecutivo de Barcelona parecía haber desaparecido bajo la suciedad, el salitre y la barba de cuatro días. Había en él algo decidido, salvaje, que me recordaba, por primera vez, a Barbanegra.

No sabía cómo empezar a hablar. Las emociones se atropellaban en mi cabeza y apenas vagamente me daba cuenta de que las respuestas que él me diese servirían para aclarar su caso, sí, pero también el mío.

—¿Qué pretendes hacer, Warren? —le dije claramente, mientras me apoyaba a su lado en la regala.

—Lo he explicado bien claro, Olonés —su tono fue seco, pero inmediatamente se dulcificó—. No tengo ninguna intención de suicidarme, si es eso lo que te preocupa.

—Nadie lo diría.

Él permaneció en silencio. El foque flameó ligeramente y yo, de manera casi instintiva, me levanté para ir a cazar bien la escota.

—¿Sabes, Olonés? Hay algo peor que morir. Saber que nunca has estado vivo.

Me di la vuelta hacia él boquiabierto. Había ido a hablar con Warren sin saber qué podría decirme, pero, ciertamente, la última cosa que había esperado escuchar era que estaba insatisfecho con su vida.

—¿Sabes a qué me dedico profesionalmente, Olonés? ¿Sabes a qué me he dedicado toda la vida?

—Eres economista.

Él negó con la cabeza, muy lentamente.

—No es sólo eso. Soy especialista en inversiones

sobre opciones y futuros. Trabajo en una gran empresa, con un sueldo elevado, como jefe de un departamento dedicado a la inversión sobre opciones y futuros —suspiró—. ¿Sabes lo que significa eso, Olonés?

Le respondí que no, que no entendía tanto de economía. Él suspiró de nuevo.

—Mira, Olonés —me dijo—, una persona que trabaje invirtiendo en acciones, por ejemplo, puede llegar a pensar que su trabajo consiste en comprar y vender cosas que no existen. Y eso es, hasta cierto punto, verdad, pero hasta cierto punto falso, porque una acción, al fin y al cabo, representa una pequeña parte de la propiedad de una empresa real, que fabrica cosas reales o ofrece servicios reales. En cambio, lo que haces cuando trabajas con futuros es comprar y vender cosas que realmente no existen, pero que quizá un día existirán. Y si especulas con opciones, compras y vendes la posibilidad de llegar a comprar y vender cosas que no existen.

—Hay mucha gente que lo hace. No es tan terrible.

—Hacer una cosa así para un cliente individual o para uno mismo quizá tenga sentido. Mueves arriba y abajo cosas que no existen, pero lo haces para conseguir, por ejemplo, que los ahorros de aquella persona que ha confiado en ti sean más rentables. Pero yo trabajo para empresas y para grupos empresariales que, de hecho, tampoco existen, porque son sociedades anónimas con consejos de administración que van cambiando y no con caras concretas, con interlocutores individuales. ¿Lo entiendes?

Yo habría mentido si le hubiese dicho que lo había entendido todo y me limité a un diplomático «más o menos».

—Es muy sencillo de resumir —continuó Warren—. No cultivo, no fabrico, no doy servicios, no compro ni vendo bienes... No hago nada. Y eso es lo que he hecho toda la vida, ganando mucho dinero y creyendo encima que lo que hacía era lo más fantástico del mundo.

—Pero tú... —protesté.

—Cuando tenía tu edad, Olonés, yo también admiraba a los tipos que eran como soy yo ahora. Pero me equivocaba.

El hecho de que Warren se hubiese dado cuenta de que le admiraba me desconcertó lo suficiente como para impedirme encontrar una buena réplica a su argumentación. Él alzó la vista hacia la arboladura, respiró profundamente el aire frío del mar invernal y me dijo:

—Y el día que reflexionas, miras atrás y descubres que toda tu vida ha sido un gran engaño, ¿sabes qué es lo único que puedes hacer? Izar la bandera negra en la driza, poner los cañones en batería y declarar la guerra al mundo. Porque te ha engañado.

Me puso una mano amistosa en la espalda y añadió:

—Mientras estábamos en la sentina, Bonny me comentó que tú no lo entendías, que no entendías la admiración por los piratas, su glorificación... No sé si ahora me estás entendiendo a mí.

Sentí que se me humedecían los ojos. Me pregunté qué diría mi madre de una situación como aquélla. De lo que estaba seguro es de lo que diría Ferran.

—Siempre se puede cambiar de vida... —aventuré.

—No tengo intención de suicidarme —insistió él.

Regresamos juntos a popa, cogidos por los hombros. Cuando nos vieron subir por la escalera del castillo, Donatien y Didier nos saludaron marcialmente, mientras Yolanda, desde la rueda, ordenaba con voz solemne:

—Tripulación del Pánico: reducid vela. Portillas abiertas y cañones en batería. Servidores de las piezas a punto de cargar. Izad nuestra bandera al pico de las cangrejas de mayor y de trinquete. Preparad el pescante de barlovento para arriar un bote y abandonar la nave…

Y se le rompió un poco la voz al añadir:

—¡Y gritad un hurra por el capitán Teach!

* * *

El alba nos sorprendió en un mar vacío, navegando de bolina con una de las barcas de la *Sans-Quartier*. La goleta se había perdido ya de vista, llevándose a nuestro compañero después de una despedida que él quiso rápida y sobria. Sólo recuerdo que, en un último momento, cuando ya bajaba a la barca, Warren me agarró la muñeca y, muy serio, me preguntó:

—¿Lo has entendido?

Y yo respondí que sí. Y cuanto más pienso en ello, más seguro estoy de que ya en aquel momento se lo dije con toda sinceridad. Curiosamente, tiempo después Yolanda me haría la misma pregunta… Pero para entonces mi visión de la vida había cambiado aún más, y a ella tuve que darle la razón con un beso.

A medida que el sol se fue levantando sobre el horizonte, el viento empezó a rolar de nuevo y pronto nos empujó dócilmente hacia nuestro destino. El oleaje era moderado, la pequeña embarcación bastante cómoda y, en otras circunstancias, la navegación habría sido un placer.

Pero no podíamos quitarnos de la mente a nuestro compañero, solo, a bordo de la goleta, dispuesto a apartarnos a nuestros perseguidores.

Hacia las diez de la mañana, de pronto, Didier se puso de pie en la proa.

—¿Habéis oído?

Prestamos atención. Lejos, hacia el sur, se oía el ruido de un motor. Forzando la vista, pudimos distinguir un puntito que se acercaba.

Era un helicóptero. La fragata *Mem de Sá* acababa de localizarnos.

Epílogo

Naturalmente, había sido Ferran. Había hecho llegar a las autoridades marítimas de las Azores un mensaje de auxilio dando la posición del petrolero y, al ver que su llamada no obtenía ningún tipo de respuesta, les había enviado el dossier completo sobre la Sociedad Clairbone antes incluso de que lo hiciesen las autoridades norteamericanas. Extrañados por aquellos perentorios mensajes que nadie sabía con certeza de dónde venían, los portugueses habían decidido desviar un poco de su ruta la fragata, que se dirigía a unas maniobras conjuntas de la OTAN. Y así, cuando finalmente llegó la orden de abordar el petrolero *Moon IV* en aguas internacionales y detener a todos sus ocupantes, así como a los de cualquier embarcación que hubiese tenido contacto con ellos, la *Mem de Sá* ya estaba a mitad de camino.

Al mismo tiempo que la policía norteamericana detenía a los principales directivos de la Sociedad Clairbone e intervenía el material informático que se encontraba en sus sedes, la marina portuguesa abordaba el petrolero e interceptaba el yate de motor, la goleta *Sans-Quartier*... y una vieja barca de madera con cuatro náufragos que se dirigían a las Azores y que, al parecer, eran los secuestrados que aquel extenso operativo internacional intentaba rescatar.

Por lo que respecta a Warren Teach, no lo volvimos a ver. Cuando dos embarcaciones auxiliares de la *Mem de Sá* abordaron la goleta, la encontraron desierta y a la deriva, pero constataron que faltaba también la segunda barca. Por lo que respecta a los cañones, uno de ellos había sido disparado, pero tampoco se supo nunca contra quién.

Los días en que me siento pesimista, pienso que el descendiente de Barbanegra murió en el mar y que ése fue el último crimen de los falsos seguidores blancos del vudú. Otros días, en cambio, cuando me resulta más fácil ver las cosas con optimismo, pienso que se marchó con su barco hacia el Sur y me lo imagino instalado como pescador o guía turístico en alguna isla en las mismas Azores. Al fin y al cabo, tampoco es tan difícil empezar una nueva vida si uno tiene claro que eso es lo que debe hacer.

Y por lo que a mí respecta, poco tengo que decir. Que he pedido perdón a Ferran, que he descubierto que Fernanda puede enseñarme otras cosas tan interesantes como las mismas matemáticas y que mantengo el contacto frecuente con la Tripulación del Pánico..., no sólo por *e-mail,* sino con esporádicos encuentros cargados de recuerdos y sueños, especialmente con Yolanda.

Y, sobre todo, que continúo admirando a Warren

Teach, precisamente por los motivos opuestos por los que le admiraba al principio.

NOTA DEL AUTOR

Los apuntes biográficos de los piratas incluidos en la novela (el Olonés, Lewis, Barbanegra, Anne Bonny, Mary Read y Monbars) son rigurosamente históricos, incluso en sus aspectos aparentemente más novelescos o increíbles. Aquella frase según la cual la realidad siempre supera a la ficción no ha sido nunca tan cierta como en el caso de los filibusteros del Caribe…

Índice

1. Correo certificado 9
2. Jean-François Nau, el Olonés 25
3. William Lewis, el adorador del Diablo 44
4. Edward Teach, Barbanegra 56
5. Archivos y hemerotecas 66
6. La Guette 84
7. Anne Bonny y Mary Read 99
8. Monbars, el Exterminador 108
9. La *Sans-Quartier* 119
10. Mar abierto 132
11. La Tripulación del Pánico 145
12. La voz del *lwa* 159
13. Abordaje 170
14. El *oungan* de los Gedé 179
15. La voz de los tambores 196
Epílogo 213
Nota del autor 217

COLECCIÓN PERISCOPIO

César Mallorquí, *Las Lágrimas de Shiva*
José María Latorre, *La isla del resucitado*
Javier Negrete, *Memoria de dragón*
Alfredo Gómez Cerdá, *A través del cristal empañado*
Pau Joan Hernàndez, *La Tripulación del Pánico*
Cristina Macía, *Una casa con encanto*
Andreu Martín, *Ideas de bombero*
Elia Barceló, *La roca de Is*
César Mallorquí, *La puerta de Agartha*
Andreu Martín, *Los dueños del paraiso*
José Mª Plaza, *No es un crimen enamorarse*
Jordi Sierra i Fabra, *El asesino del Sgt. Pepper's*
Marcos Calveiro, *Centauros del norte*
Lola Gándara, *La oscura luz del Tíber*
Alice Vieira, *Chocolate con lluvia*
Blanca Álvarez, *Tres besos*
Jordi Sierra i Fabra, *Donde el viento da la vuelta*
Laura Gallego, *La hija de la noche*
Fernanda Krahn Uribe, *El otro techo del mundo*
Rafael Marín y Juan M. Aguilera, *Oceanum*
Malcolm Rose, *Dosis letal*
Joan Manuel Gisbert, *La Voz de Madrugada*
María M. Vassart, *¿Y ahora qué?*
Jordi Sierra i Fabra, *Magno*

Manuel Alfonseca, *Tras el último dinosaurio*
José Antonio del Cañizo, *El castillo invisible*
Carmen Gómez Ojea, *El diccionario de Carola*
Vicente Muñoz Puelles, *2083*
Evelyne Brisou-Pellen, *El anillo de los tres armiños*
Anthony Horowitz, *El regreso de la abuelita*
Pablo Barrena, *¡Que me parta un rayo!*
Pau Joan Hernández, *Cuando no te vas*
César Mallorquí, *El último trabajo del señor Luna*
Milio Rodríguez Cueto, *Laura contra el tiempo*
César Mallorquí, *La fraternidad d'Eihwaz*
J. M. Latorre, *Los ojos en el espejo*
J. M. Carrasco, *Capitán Nadie*
Milagros Oya, *El dado de fuego*
Karen Cushman, *El libro de Catherine*
Jordi Sierra i Fabra, *Donde esté mi corazón*
Roberto Santiago y Jesús Olmo, *Prohibido tener catorce años*
Elia Barceló, *El caso del artista cruel*
José Maria la Torre, *En las cavernas del tiempo*
Vicente Andreu Navarro, *El trébol de cuatro hojas*
Blanca Álvarez, *El escritor asesino*
Pasqual Alapont, *Un verano sin francesas*
Marliese Arold, *Miriam es anoréxica*
Lola Gándara, *Alejandra*
Agustín Fernández Paz, *Trece años de Blanca*
Marisa López Soria, *Se ofrece chico*
Manuel Alfonseca, *El sello de Eolo*
Milio Rodríguez Cueto, *En las cavernas del tiempo*

Juan Madrid, *Huida al Sur*
Carol Matas, *Jesper*
César Mallorquí, *El maestro oscuro*
Manuel Quinto, *Las llaves del horizonte*
Luis Blanco Vila, *Memorias de un gato tonto*
Blanca Álvarez, *La soga del muerto*
Pasqual Alapont, *La oveja negra*
Miguel Sandín, *Expediente Pania*
Francisco D. Valladares, *El secreto de Pulau Karang*
Julián Ibáñez, *Manuela, Scarface*
Jordi Cervera, *Muerte a seis veinticinco*
Elia Barceló, *El caso del crimen de la ópera*
Nacho Docavo, *El alma del lama*
José María Plaza, *En septiembre llegó el desastre*
Hortense Ullrich, *¡Las brujas no besan!*
José Mª Mendiola, *El Cementerio de los Ingleses*
Care Santos, *Laluna.com*
Claudia Larraguibel, *Puesta en escena*
Hortense Ullrich, *El amor te vuelve rubia*
Natalia Demidoff, *Jaque a Borgia*
Miquel Rayó, *El enigma Altai*
Jordi Sierra i Fabra, *Tester (probador)*
Enrique Sánchez, *Asesinato de un hincha*
Maite Carranza, *Palabras Envenenadas*
Gabriel Janer Manila, *Han quemado el mar*
M. Carme Roca, *La moneda partida*
Miren Agur Meabe, *La casa del acantilado*